어서 오십시오, 아마카와 경.
현관 앞에 서서 단정히 인사하는 아리아가 눈에 들어왔다.
엄청난 미인이라 무엇을 입어도 잘 어울리지만,
앞치마를 걸친 아리아는 시녀 복장일 때와 인상이 다르다고 할까—

정령환상기

누구라도, 도와줘…….
리제롯테의 눈에 눈물이 맺혔다.
하지만 참으려고 했다.
가슴속에 소용돌이치는 풀 데 없는 감정 때문에
미쳐버릴 것 같았다.

타야마 유리
ri Kitayama
ıstrator◆Riv
18
대지의 야수
정령
환상기

커버 및 본문 일러스트_ Riv

CONTENTS

플로라 벨트람

벨트람 왕국 제2 왕녀
현재는 용사
사카타 히로아키와
함께 움직인다

로아나 폰테인

벨트람 왕국의 귀족 영애
플로라의 수행원으로
함께 움직인다

시게쿠라 루이

이세계 전이자인
고등학생
벨트람 왕국의
용사로 움직인다

리제롯테 크레티아

가르아크 왕국의 공작
영애이자 리카 상회 회장
전생은 고등학생인
미나모토 리카

스메라기 사츠키

이세계 전이자이며
미하루 일행의 친구
가르아크 왕국의
용사로 움직인다

레이스

거듭 암약하는
정체불명의 인물
계획을 어그러뜨리는
리오를 경계한다

크리스티나 벨트람

벨트람 왕국 제1 왕녀
동생인 플로라를
뒤에서 걱정한다

사카타 히로아키

이세계 전이자이며
용사 중 한 명
유그노 공작을
뒷배로 움직인다

키쿠치 렌지

이세계 전이자이며
용사 중 한 명
국가에 소속되지 않고
모험가로 지냈는데……

아리아 거버네스

리제롯테를 모시는
시녀장이자 마검술사
세리아와는
학생 시절부터 친구

샤를로트 가르아크

가르아크 왕국의 제2 왕녀
하루토에게 적극적으로
호감 표시 중

사쿠라바 에리카

성녀의 이름으로 변경
소국에 혁명을 일으킨 여성
자신이 용사임을 숨기고
행동 중

리오(하루토 아마카와)

어머니를 죽인 원수에게 복수하기 위해
살아가는 이 작품의 주인공
벨트람 왕국이 지명수배를 내려 가명인 하루토로 활동 중
전생은 일본인 대학생 아마카와 하루토

아이시아

리오를 하루토라고
부르는 계약 정령
희귀한 인간형 정령이지만,
본인의 기억은 애매모호

세리아 크렐

벨트람 왕국의 귀족 영애
리오의 학원시절 은사인
천재 마도사

라티파

정령의 마을에 사는
여우 수인 소녀
전생은 초등학생인
엔도 스즈네

사라

정령의 마을에 사는
은늑대 수인 소녀
리오 곁에서 바깥 세상
견문을 넓히는 중

아르마

정령의 마을에 사는
엘더드워프 소녀
리오 곁에서 바깥 세상
견문을 넓히는 중

오피아

정령의 마을에 사는
하이엘프 소녀
리오 곁에서 바깥 세상
견문을 넓히는 중

아야세 미하루

이세계 전이자인 고등학생
하루토의 소꿉친구이며
첫사랑인 소녀

센도 아키

이세계 전이자인 중학생
이부남매인 하루토를
미워한다

센도 마사토

이세계 전이자인 초등학생
리오에게 미하루, 아키와
함께 보호받는다

등장인물소개

【 프롤로그 】

장소는 가르아크 왕성.

성문 앞에서.

"리제롯테 님 구출 임무, 부디 저도 동행하게 해주시겠습니까?"

제발, 제발……. 리제롯테를 모시는 시녀장 아리아 거버네스가 지독한 후회에 빠져 리오에게 허리를 숙였다.

왜 이러는지 동기는 물을 것도 없었다. 리제롯테가 아리아의 주인이기 때문이다.

충성심이 대단했다. 아니, 충성심을 제외하고도 리제롯테가 소중하리라. 모험가 장비를 갖춘 모습에서 여행을 미리 준비한 게 엿보였다. 어쩌면 리오가 행동하지 않아도 늦든 이르든 국왕 프랑수아의 허가를 받고 독자적으로 수색하려고 했을지도 모르겠다.

아리아의 표정에서 충성심이 뒷받침하는 그만한 결의가 보였다. 리오가 거절해도 혼자 움직일 게 뻔히 보였다. 그러면 결국 에리카를 추적할 수 있는 리오를 쫓을 것이다.

아리아가 실력으로 발목 잡을 일은 없었다. 사람이 필요할 상황이 발생하면 든든한 전력이 되어줄 터였다. 그리고 사태가 사태이니만큼 리오는 자세한 경위를 듣지 못한 채 성녀 에리카를 추적하기 시작했다. 정보가 부족한 현재 상황에 아리아와 동행할 가치는 충분했다.

그래도 리오가 동행을 거부할 이유가 있다면 에리카를 추적하는 중에 아이시아가 정령이라는 것이나 정령술 등 지금까지 제삼자에게 최대한 숨긴 비장의 카드를 아리아에게 밝혀야 할 수도 있다는 점이었다.

"……알겠습니다. 다만, 추적 중에는 필요에 따라 제 지시를 따라주시겠습니까?"

그래도 상관없다. 리오는 아리아의 마음을 먼저 헤아리고 고민하듯 눈을 감고서 고개를 끄덕였다.

"물론입니다. 감사합니다."

아리아가 머리를 숙인 채 주저하지 않고 힘차게 대답했다.

「하루토, 목표가 문을 지나자 이동 속도가 빨라졌어. 들키지 않게 귀족거리 밖으로 가는 중이야.」

그때, 아이시아가 리오에게 염화를 보냈다.

「알겠어. 계속 영체화한 상태로 미행해줘.」

「응.」

아이시아와 필요 최소한의 대화를 마쳤다.

"갈까요? 아무래도 성녀가 이동 속도를 올린 모양입니다."

리오가 아리아에게 말하고 수백 미터 떨어진 성벽 문을 응시했다.

"……네."

아리아가 조금 놀란 얼굴로 고개를 끄덕였다. 지금 있는 곳에서는 밖이 보이지 않았다. 들키지 않고 성녀를 추적하는 방법이 있다지만, 대체 어떻게 그게 가능한지 신기했다.
"자세한 이야기는 이동하며 하죠. 마검으로 신체 능력을 강화해주세요."
리오가 신체를 강화하며 아리아에게 지시했다.
"네."
일단 의문을 삼킨 아리아는 마음을 깨끗이 비우고 마검으로 신체를 강화했다.
"따라오세요."
리오는 정문을 향해 달렸다. 아리아가 뒤쫓으며 두 사람은 가르아크 왕성을 떠났다.

【 제 1 장 】 ❈ 추적 개시

10분 후.

리오와 아리아는 왕도 밖으로 나갔다.

도시에서 북서쪽으로 3킬로미터 정도 떨어졌을까. 성벽 밖에 펼쳐진 곡창지대를 지나 그 너머에 펼쳐진 숲 앞 바위에 숨었다.

"숲속에서 호위로 보이는 사람을 만나는 모양입니다. 남자네요. 나이는 20대쯤."

리오가 숲을 응시하며 아리아에게 가르쳐줬다.

"……그렇군요."

리오와 같은 방향을 응시하던 아리아가 조금 당혹스러워하며 대답했다.

'보이지 않는데 대체 어떻게…….'

그도 그럴 것이 두 사람이 있는 곳에서는 절대로 에리카 일행을 볼 수 없었다. 나무에 가려서 숲 어디에 있는지도 몰랐다. 안쪽 상황은 10여 미터 앞도 제대로 안 보였다. 여기까지 오는 동안에도 에리카를 한 번도 보지 못했다.

그런데 리오는 숲속에 있는 에리카가 보이는 것처럼 정보를 제공했다. 리오가 정말 추적할 수 있는지 의심하지는 않지만, 아리아가 당혹스러워할 만했다.

다만, 어쩌면 이 숲속에 리제롯테가 있을지도 몰랐다.

상황에 따라서는 당장 기습도 가능했다. 이를 근거로 아리아는 마음을 비웠다.

"근처에 길들인 그리핀 두 마리. 안타깝게도 리제롯테 씨는 없는 것 같네요."

"그렇, 습니까……."

아무래도 리제롯테는 에리카 옆에 없는 모양이었다.

"그리핀을 타고 이동한다면 리제롯테 씨를 다른 곳으로 이송했다고 봐야겠죠……."

에리카는 숲으로 오는 동안 한눈팔지 않고 일직선으로 왔다. 리제롯테가 근처에 있을 가능성은 적었다.

"……그리핀을 타고 이동하려나 보네요."

그리고 예상대로 나쁜 예감은 적중했다.

"날아서 이동하면 지상에서 미행하기 어려운데……."

마검으로 신체를 강화하고 달리면 쫓을 수는 있어도 기복이 심한 곳에서는 이동 속도가 떨어지고 마력과 체력 문제가 있어서 장거리 주행은 어려웠다.

트인 곳에서는 추적하는 모습이 노출될 수도 있어서 쫓는 쪽이 압도적으로 불리했다. 그래서 아리아는 표정이 어두웠다.

"그럼 우리도 하늘에서 미행하면 되죠."

리오가 아무 문제 없다는 듯이 태연하게 말했다.

"……아마카와 경의 마검은 비행도 가능하다고 듣기는 했습니다만……."

아리아가 아는 건 하루토 아마카와가 가진 마검이 바람을 조종하며 그 능력으로 하늘을 날 수 있다는 개요 정도였다. 구체적으로 얼마나 오랜 시간, 얼마나 자유자재로 날 수 있는지 상세히 알지 못하고 실제로 비행하는 모습을 본 적도 없었다.

"성녀가 숲을 떠나네요."

리오의 말이 끝나기 무섭게 그리핀 두 마리가 숲속에서 모습을 드러냈다. 각각 에리카와 동행인으로 보이는 남자를 태우고 하늘로 날아올랐다.

"북서쪽으로 가는 것 같습니다."

아리아도 에리카가 탄 그리핀을 보았다. 매서운 눈으로 노려보며 에리카가 어느 방향으로 날아가는지 말했다.

"왕도를 떠난 직후라 당분간 추적을 경계하겠죠. 신장으로 신체를 강화해서 시력도 좋아졌을 테니 거리를 두고 쫓겠습니다. 뭔가 달라지면 바로 알려주세요."

리오도 진지한 표정으로 아리아에게 지시했다.

"네."

"이제 우리도 비행을 시작할까 하는데……."

그리고 출발하자고 이야기를 꺼내며 아리아를 조금 겸연쩍게 쳐다보았다.

"……네?"

시간이 어느 정도 흐른 왕도 근교 하늘.

"……짐이 돼서 죄송합니다."

리오의 두 팔에 안긴 아리아가 위축돼서 사과했다.

아리아는 비행 수단이 없으니 리오가 옮길 수밖에 없었다. 따라서 리오가 아리아를 안아 들게 됐는데 리오와 아리아의 관계는 지인 이상 친구 미만. 가르아크 왕성에서 개최한 훈련 중에 대련한 사이이긴 하지만, 강사와 수강생 이상의 깊은 관계는 아니었다.

세리아와 아리아 사이에는 개인적인 교우 관계가 있지만, 리오는 아리아를 리제롯테를 모시는 시녀로, 아리아는 리오를 주인과 교우 관계를 쌓는 중요한 윗사람으로, 서로 적절히 거리를 두고 대했다.

"아뇨, 저야말로……."

밀착해서 단둘이 하늘을 나는 이 상황이 참 불편했다. 둘 다 말 많은 성격이 아니고 서로가 그렇다는 걸 알다 보니 더욱 그러했다.

"왜 아마카와 경이 사과하십니까?"

"미혼 여성이 약혼자도 아닌 이성과 밀착해도 되나 싶어서요."

"……저는 귀족이 아닙니다."

아리아가 눈을 크게 깜빡이더니 웃긴 듯 아주 살짝 미소 지었다. 간혹 난감하거나 당황할 때도 굳어있던 표정이 풀린 순간이었다. 그만큼 리오의 눈에도 인상적으로 비쳤다.
"귀족이든 아니든 상관없지 않나요?"
리오가 난처한 얼굴로 말했다.
"귀족 아가씨도 아닌 저를 배려하실 것 없습니다. 오히려 아마카와 경에게 문제가 되겠지요. 미혼 귀족 남성이 약혼자도 아닌 여자를 안고 있으니까요."
"그것도 귀족이든 아니든 상관없어요."
"아마카와 경 같은 분이 단정하지 못한 여자와 얽히면 안 좋습니다. 저 때문에 아마카와 경 주변 분들이 괜한 불안에 빠질 우려도 있습니다. 성녀 때문에 머리에 열이 오른 나머지, 문제를 생각하지 못하고 억지로 동행을 부탁드렸습니다. 죄송합니다."
"……아리아 씨는 단정하지 못한 여자가 아니니 전제가 잘못됐네요. 아리아 씨가 있으면 저도 마음이 든든하니까 사과하지 마세요."
아리아가 꺼림칙한 듯 힘들게 사과하자 리오는 아리아의 심정을 헤아려 상냥하게 말했다.
"감사합니다. 그런데…… 왜 이렇게까지 해주십니까?"
"이렇게까지, 요?"
질문 의도를 파악하지 못했는지 리오가 고개를 갸웃거렸다.
"성녀가 떠난 성 응접실에서 아마카와 경은 누구보다 빨리, 망설이지 않고 리제롯테 님을 구출하겠다고 하셨습니

다. 막 성으로 돌아오신 참이라 상황도 충분히 파악하지 못했죠. 그런데……."

"리제롯테 씨가 납치됐어요. 상황 파악은 그걸로 충분합니다. 리제롯테 씨는 소중한 친구니까요. 제게도, 다른 분들에게도."

아리아가 송구스러워 말을 머뭇거리니 리오가 태연하게 끼어들어 말했다.

"……."

너무 아무렇지 않게 말해서 그런지 아리아가 눈을 번쩍 떴다.

"리제롯테 씨가 곤란에 처했고 저는 할 수 있는 일이 있어요. 그러니까 제가 할 수 있는 일을 할 뿐입니다."

움직일 이유는 그걸로 충분하다고 리오가 설명했다.

"……제 주인을 위해주셔서, 감사합니다."

"감사받을 일 아니에요. 아리아 씨도 주종관계를 떠나 소중한 인연이니까 리제롯테 씨를 구하려는 거잖아요?"

"……네."

"그럼 저와 이유가 같네요. 함께 힘을 합쳐 리제롯테 씨를 구출하죠."

"감사…… 아니, 네."

감사하려던 아리아는 대신 결연하게 고개를 끄덕였다.

"추적하는 동안 성녀에 관해 가르쳐주시겠어요? 저는 아직 성녀가 용사고 리제롯테 씨를 납치했다는 것만 알아서……."

"정확한 날짜는 기억나지 않지만, 아마카와 경이 주변 분들과 함께 성을 떠났을 무렵입니다. 가르아크 왕국 기준으로 북서쪽에 소국가 지대가 있습니다. 그곳의 한 소국이 다스리던 왕가와 함께 멸망했습니다. 그것을 주도한 인물이 그 여자고, 그녀는 곧 신성 에리카 민주공화국이라는 나라를 세웠습니다."

"국가 멸망을 주도했다……. 분명 폐하께도 왕정 폐지를 주장했죠?"

리오는 살짝 숨을 삼켰다. 성녀가 가해행위도 서슴지 않는 위험인물이라는 것은 성에서 대화를 나누고 충분히 파악했지만, 국가 통치체제 전복을 주도했다면 정치적 위험도 커진다.

"민중…… 약자 구제 같은 빈말을 내걸었습니다. 그러니까 왕정을 폐지하고 나라를 국민에게 줘야 한다고요. 혁명을 일으키려고 내건 대의명분도 마찬가지일 겁니다."

"이번 소동도 그렇고 행동력이 대단하군요. 혁명을 주도해 기존 통치체제를 전복하다니, 가벼운 생각으로 할 수 있는 일이 아닌데……."

지구에서 소환된 여성이 왜 엉뚱하게 이세계 왕국에서 혁명을 주도하고 타국에 선전포고까지 할까? 리오는 생각했다.

혁명은 혼자 할 수 있는 일이 아니다. 여러 사람이 사상을 공유하고 행동해 동지를 모아 세력을 키운 결과로써 일어난다. 리오의 말대로 이러한 혁명 주도는 가벼운 정신력으로 할 수 있는 일이 아니었다.

왕후 귀족에게 불만이 있다는 이유만으로 혁명을 주도할 수 있다면 혁명은 빈번하게 일어날 터였다. 확고한 의지가 필요하며 진심으로 세상을 바꾸고자 행동하는 것은 그만큼 어려웠다.

지구에 있는 일본에서 태어난 아마카와 하루토의 기억이 있으니 리오도 왕후 귀족이 정점인 신분제의 문제점을 알고 있었다. 왕립학원에 있을 무렵, 주위에 있는 왕후 귀족 자제에게 차별받았다. 그렇다고 벨트람 왕국에 혁명을 일으켜 자기가 받은 차별을 없애려고 하지는 않았다.

그래도 자신에게 맞춰 성녀를 이해해보자면 루시우스를 향한 복수심이려나. 타인을 원망해도 복수하는 사람은 많지 않았다. 그래도 리오는 복수했다.

용서할 수 없기 때문이었다. 용서할 수 없는 무언가가 있었기에, 그만큼 강한 감정이 있었기에 복수했다. 성녀도 리오의 복수와 비슷한 강한 감정 때문에 혁명을 일으켰을까?

'소환된 후에 무슨 일이 생겼고 그걸 계기로 권력자를 증오하게 돼서 혁명을 주도했을까? 아니면 유달리 강한 사상과 행동력의 소유자가 우연히 소환됐을까……?'

리오는 성녀가 혁명을 일으킨 동기를 상상했다.

성녀는 일본인이 틀림없었다. 그만큼 왕정을 반드시 무너뜨려야 한다는 사상을 가진 사람이 소환됐을 가능성은 상당히 낮았다. 기존 통치체제를 전복시킬 생각으로 나라를 망하게 하려는 일본인은 적어도 아마카와 하루토가 산 20년 동안은 보지 못했다. 아마카와 하루토가 기억하는 일반인 이미지와 너무나 달랐다. 그러나 프로파일링하기에는 성녀에 관한 정보가 아직 충분하지 못했다.

"애초에 성녀는 왜 리제롯테 씨를 납치했을까요?"

리오는 성녀에 관한 다른 이야기를 물었다.

"발단은 그 여자가 아망드에 있는 저택을 방문하며 시작됩니다. 원래 그 여자는 리카 상회의 영향력 때문에 회장인 리제롯테 님을 만나려고 아망드에 왔다고 말했습니다. 자기 나라로 와서 힘을 빌려달라고요."

"당연히 거절했죠? 그러다 교섭이 틀어져 소란이 벌어졌습니까?"

"대강 그렇습니다."

"그때 두 사람은 무슨 이야기 중이었나요?"

"리제롯테 님과 리카 상회 스카우트로 시작해 왕정 비판, 나라를 민중에게 넘겨야 한다는 주장. 그리고……."

"그리고?"

아리아가 잠시 말을 머뭇거리자 리오가 뒷이야기를 물었다.

"그, 이건 폐하께도 말씀드리지 않았습니다만, 성녀는 리제롯테 님의 비밀도 알아차렸습니다. 아망드에 도착해 상품명을 듣고 눈치챈 것 같습니다. 독순술도 잘하는 듯했고요.”

“그렇군요…….”

“리제롯테 님의 비밀을 언급하고부터 서로 질문에 대답하는 형식으로 대화했습니다. 리제롯테 님은…… 성녀의 정체에 관해 물었고 성녀의 주된 질문은 생전 나이나 생전에 살던 곳 등 종잡을 수 없었습니다.”

“대화를 듣고 신경 쓰인 점은요?”

“……주인님의 비밀로 화제가 바뀌자 갑자기 다른 사람처럼 차분해졌죠. 그야말로 밝고 마음씨 좋은 여성처럼……. 성녀는 그게 성녀가 되기 전 원래 말투였다고 했습니다.”

“성녀가 되기 전 원래 말투…….”

리오는 거기에서 뭔가를 느꼈다.

“약자가 존재하지 않는 세상을 만드는 것. 그 때문에 민중의, 민중을 위한, 민중에 의한 민주주의 국가를 세웠다고 했습니다. 무슨 뜻인지 모르겠지만, 그게 장대한 복수라면서요.”

“장대한 복수…….”

차분함과는 거리가 멀었다.

‘……그렇다면 역시 이 세계에 오고 무슨 일이 있었나? 가치관을 빼앗을 정도의 무언가가……. 왕정 폐지를 내걸고 민주주의를 추진하는 걸 보면 역시 권력자에게 원한이……?’

전이자와 전생자라는 차이는 있지만, 리오는 아마카와 하루토의 기억이 있음에도 복수로 손을 더럽혔다. 물론 복수는 하루토가 아닌 리오가 리오로서 결단을 내리고 실행했지만, 리오라면 하지 않았을 갈등을 겪었다.

아마카와 하루토가 평화적인 가치관을 유지한 건 평화로운 세상에서 살았기 때문이다. 인간의 존엄과 생명의 가치가 가벼운 이 세계를 몸소 겪으면 평화적인 가치관은 얼마든지 흔들릴 수 있다. 리오는 그것을 알았다.

만약 성녀에게도 복수를 맹세할 만한 사건이 일어나 혁명을 일으킨 거라면?

'……지금은 생각해봤자 무의미해.'

성녀가 처한 상황을 상상하던 것을 멈췄다. 리제롯테를 구출하는 데 필요한 범위 내에서 인물상을 파악하고 싶지만, 억측으로 괜히 감정을 이입하면 안 좋을 것 같았다.

"……이야기를 들어보니 권력자를 적시하는 경향이 있지만, 리카 상회의 영향력을 이용하려고 일부러 찾아가 권유한 후 납치한 것을 보면 리제롯테 씨 개인에게 권력자를 향한 원망을 풀려는 건 아닌 것 같네요. 목적을 달성하기 위해서라면 수단과 방법을 가리지 않는 성격인 것 같아 신경 쓰이지만……."

협력을 바란다면 당장 거칠게 대하진 않으리라. 당분간 안전은 보장된다고 리오가 덧붙였다.

"네. 단지 그 여자는 지리멸렬하고 제멋대로처럼 보이지만, 사실은 냉정하고 교활하며 모든 걸 주도면밀하게 계산하고 행동하는 것 같기도 합니다."

"……일부러 그런 식으로 행동한다고요?"

"네. 어리석기는 해도 우둔하지는 않다고 느꼈습니다. 그 여자의 언행에서 그만한 교양도 엿보였고요. 실제로 원래 세계에서는 무슨 학자 같은 직업이었다고 말했습니다."

"그렇군요……. 일련의 행동이 계산됐다면 가르아크 왕국과 전쟁을 일으키기 위해 리제롯테 씨를 납치했을 수도 있겠어요. 실제로 처음부터 교섭할 생각이 없었던 것 같고 그걸 뒷받침하듯이 선전포고하고 성을 떠났죠."

"그렇습니다. 성에서 취한 태도를 보고 저도 그럴 가능성이 있다고 생각했습니다. 아망드에서도 시종일관 교섭할 생각이 없는 태도였습니다."

"……이해가 안 되는 건 만약 성녀가 가르아크 왕국과의 전쟁을 원한다면 이유가 뭘까요? 왕정이 싫어서 대국과 싸운다고 보기는 어려워요. 파멸적인 행동으로밖에 안 보이네요."

게다가 그냥 대국이 아니었다. 자기와 같은 용사가 있는 대국이었다. 무도회 이후, 사츠키는 민중과 각국에 널리 알려졌다. 리카 상회를 안다면 사츠키를 알아도 이상할 게 없었다.

아무것도 모르고 가르아크 왕국과 싸우려는 거면 너무 대책 없고, 안다면 리오의 말처럼 파멸을 원한다고밖에 생각할 수 없었다. 나라와 민중의 명운을 짊어진 한 나라의 대표가 할 행동이 아니었다. 나라와 민중을 죽이려는 거면 모를까, 그냥 자살행위였다.

'……설마, 그게 복수인가? 아니, 설마……. 아무리 그래도 그럴 리는 없어.'

그 파멸적인 길이 성녀가 말하는 복수이지 않을까. 복수라는 말에 연상되어 리오의 머릿속에 터무니없는 가능성이 떠올랐다.

하지만 황당무계해서 그럴 리 없다고 생각을 고쳤다. 성녀가 내건 약자 구제와 거리가 먼 정도가 아니라 정반대이기 때문이었다. 혁명을 일으키고 나라를 세운 주역도 성녀였다. 일부러 세운 나라를 멸망시킬 이유가 없었다. 구제해야 하는 민중을 속이는 것이기도 했다.

'승산이 있나? 대국이 적이 되어도 절대 지지 않는다는 확고한 자신이. 그래서 싸움을 부추기나?'

대국을 상대로 이길 수 있다는 자신감, 승산이 무엇인지 감도 잡히지 않아 리오는 괜히 가슴이 술렁였다.

"……그런데 아망드에서도 성녀가 혼자 교섭하러 나타났나요?"

리오가 불안을 토하듯 한숨을 내쉬고 방금 떠오른 의문을 꺼냈다.

"네. 그 여자는 성에서 그랬듯이 아망드에도 홀로 나타나 고압적인 언행으로 자기주장을 일방적으로 내세웠습니다."

"그렇군요……. 납치된 리제롯테 씨는 별동대가 맡은 것 같고, 동행인이 있는데도 홀로 나타났다면 걸림돌이 될까

봐 그랬을 수도 있겠네요."

또는 혼자 교섭하면 얼마든지 교섭 내용을 날조할 수 있었다. 만약 국민이 국가의 대표인 성녀를 신앙한다면 성녀의 발언을 의심할 사람도 없을 테니 전쟁을 일으키고 싶으면 얼마든지 일으킬 수 있었다. 이런 가능성도 떠올랐다.

'이 상황에 한 가지 분명한 건 성녀가 가르아크 왕국과의 전쟁을 바라는 것 같다는 것…….'

리오는 무엇이 맞든 앞으로 전쟁에 돌입할지도 모른다는 가능성을 바라보듯 저 멀리 비행하는 성녀 에리카와 동행인을 매서운 표정으로 쳐다보았다.

"왜 그러십니까? 아마카와 경."

아리아가 리오의 매서운 표정을 알아차리고 의아한 듯 고개를 갸웃거리며 안색을 살폈다.

"아뇨, 아무것도 아닙니다. 더 생각해봤자 어차피 억측이라 엉뚱하게 분석할 우려가 있을 것 같아서요. 또 신경 쓰인 점 있나요?"

리오는 웃음으로 얼버무리고 화제를 바꾸기 위해 말을 돌렸다.

"글쎄요……. 이유는 모르지만, 성녀는 용사라는 사실을 아직 숨겨야 한다고 했습니다. 리제롯테 님이 마지막으로 그 질문을 했고 성녀가 대답을 마치자마자 공격했습니다."

"숨겨야 한다……. 용사임을 숨기고 싶은 이유가 있다고 볼 수 있겠군요. 있는 그대로 해석하면 더 효과적인 타이밍에 밝히려는 거로 볼 수 있겠네요…….”

“가르아크와 소란을 일으킬 계획이었다면 큰 의미는 없군요. 물고 늘어질 구실은 뭐든 상관없을지도 모릅니다. 물론 효과적인 타이밍에 발표하려고 했을 수도 있습니다만…….”

“이것도 억측을 벗어나지 못하네요. 알겠습니다. 성녀의 목적에 관한 이야기는 이쯤 하죠. 다음은 성녀의 실력에 관해서인데…….”

리오는 안아 든 아리아의 얼굴을 자연스럽게 살펴봤다. 성녀는 아리아가 있는데도 리제롯테를 납치했다. 즉, 아리아가 졌을지도 모른다는 뜻이었다. 리오가 아리아의 실력을 아는 만큼 당시 상황이 궁금했다.

“……근접전 기술만 이야기하면 대단한 건 없었습니다. 초보자가 무기와 몸 쓰는 방법을 모르는 상태로 신장을 통해 강력한 힘을 손에 넣었다고 보시면 됩니다.”

아리아가 힘든 표정으로 성녀의 근접전 기술을 설명했다.

“……그런데도 아리아 씨가 실수할 정도였나요?”

“제 방심이 불러일으킨 실수입니다. 타격으로 성녀를 무력화하려고 했는데 못 했습니다.”

“일반적인 상대라면 무력화시킬 위력이었겠죠?”

“신장으로 강화한 걸 고려해 방패를 든 중장보병을 일격에 날려버릴 바탕손치기를 복부에 꽂았습니다. 그리고 그 이상의 위력을 실어 복부를 연속으로 찼습니다. 지면에 떨어진 성녀가 널브러진 걸 보고 기절한 줄 알았습니다.”

"그러면 아무리 강력하게 신체를 강화해도 피해가 있었을 것 같은데……."

신체 능력만 강화하는 마법이나 마술과 다르게 마검이나 정령술은 육체 자체를 강화할 수 있었다.

얼마나 강화할 수 있는지는 마검의 성능과 시전자의 기량에 달렸지만, 평균치로 강화하면 주먹으로 쇠나 바위를 때려도 손이 아프지 않고 맨몸으로 둔기에 맞아도 큰 피해가 없을 정도로 육체가 튼튼해졌다.

그러나 똑같이 신체를 강화한 상대에게 제대로 공격당하면 신체 강화 수준이 크게 다르지 않은 한, 아예 피해를 안 받기는 어려웠다.

"그 여자는 전혀 피해를 입지 않은 듯했습니다. 기절한 척해서 방심하게 하고 허를 찔렀습니다. 말씀하신 것처럼 신장으로 강력한 신체 강화를 걸었을지도 모릅니다. 속도는 몰라도 힘은 상당했습니다."

"그렇군요……."

"이제 신장 효과를 물어보실 차례 같은데 땅 속성 마법 같은 현상을 일으켜 연막 겸 공격을 퍼부었습니다. 혹여나 싸우게 된다면 주의하세요."

"명심하겠습니다."

리오는 진지한 표정으로 고개를 끄덕였다.

같은 시각, 가르아크 왕국 왕도 근교의 상공. 멀리서 성녀를 추적하는 리오와 아리아를 더 멀리서 추적하는 사람이 있었다.

프로키시아 제국에서 성녀를 추적하고 감시하던 레이스였다. 성녀가 아망드에서 리제롯테를 납치하고 홀로 가르아크 왕성에 간 건 프로키시아 제국에서 미행하던 레이스도 알고 있었다. 성녀가 가르아크 왕국과 교섭할 생각이 얼마나 있었는지는 모르지만.

'검은 기사가 성녀를 미행하기 시작했으니 가르아크 왕국과 성녀 사이가 틀어지는 건 기정사실이군요. 이거 제법 이상적인 전개입니다.'

레이스가 상황을 파악하고 기분 나쁘게 웃었다.

'검은 기사가 출발하기 직전에 가르아크 왕성에서 강력한 정령의 기척이 사라진 것을 보면 십중팔구 인간형 정령이 영체화해서 성녀를 추적하는 거겠죠. 그리고 성에는 세리아 크렐을 포함해 검은 기사와 가까운 사람들이 있을 거예요. 성가신 두 사람이 성녀를 미행하는 지금이라면 경비가 허술할 텐데…….'

레이스는 지평선 너머에 펼쳐진 가르아크 왕국 왕도를 의식하듯 힐끗 뒤를 돌아보았다. 리오와 아이시아 둘 다 없는 상황은 흔치 않았다. 인질을 잡으려면 지금이 기회 아닐까?

'……다만, 성녀가 용사의 힘을 얼마나 쓸 수 있느냐에 따라 대처 방식이 크게 달라질 겁니다. 검은 기사와 계약 정령은 그걸 알아볼 시금석으로 충분하죠. 앞으로 가장 방해할 가능성이 큰 저들끼리 싸우면 이보다 좋은 이야기가 없으니 이 기회를 놓칠 수 없네요. 저들이 확실하게 적대하도록 손쓰고 싶기도 한데…….'

천재일우의 기회였다. 이 기회를 살리려면 그들을 놓치지 않고 잘 움직여야 했다.

'저를 눈치채고 프로키시아 제국을 경계하면 재미없죠. 일단 미행하며 계획을 세워볼까요. 검은 기사는 경계 범위가 무서울 정도로 넓으니까 신중하게 쫓아야…….'

레이스는 이중 미행을 지속했다.

한편, 가르아크 왕성.

세리아와 미하루는 사츠키와 샤를로트와 함께 성 대지 내에 있는 리오의 저택으로 돌아가 거실에서 라티파와 사라 일행에게 상황을 알렸다.

리제롯테가 성녀를 자처하는 용사에게 납치된 사실과 리오와 아리아와 아이시아가 추적 중이라고 정보를 공유했다. 아이시아가 없어서 샤를로트가 의아해했지만, 사정도 모른 채 리오에게 불려갔다고 설명했다. 리오가 염화로 부른 건 어물쩍 넘겼다.

"설마 그런 일이 벌어지다니……."

사라 일행은 놀라움을 숨기지 않았다.

"그 사람, 용사인데……. 성녀는 좋은 사람한테 쓰는 말 아니야? 왜 리제롯테 언니를 납치했대?"

라티파가 불안과 분노가 복잡하게 뒤섞인 표정으로 물었다.

"……용사가 어떻게 선택되는지는 몰라도 반드시 선량한 사람이 소환된다고 할 수 없다는 거네. 원래 있던 세계에서 어떤 사람이었는지도 모르고……."

사츠키도 힘든 표정을 보이며 말했다.

"성녀라는 호칭도 그 사람의 인격을 보증하지 않습니다. 지금은 어디까지나 자칭에 지나지 않으니 더욱이. 권력자의 사정으로 성녀가 되는 사람도 수두룩해요. 용사님을 이렇게 표현하기 꺼려지지만, 성녀와는 거리가 먼 이상한 사람 같습니다."

샤를로트가 솔직하게 성녀의 인상을 말했다.

"아, 성녀 생각했더니 또 화나네. 뭐냐고, 그 사람. 하는 말은 뒤죽박죽이고 왜 리제롯테를……."

사츠키의 분노 게이지가 한계까지 상승했다. 안절부절못하며 자기도 모르게 거실 의자에서 일어나 분노를 토했다.

"……믿어요. 하루토 씨와 아이가 함께 갔잖아요. 반드시 리제롯테 씨를 구해서 돌아올 거예요."

낙관적으로 보는 게 아니었다. 불안했다. 그러나 리오와 아이시아를 믿기에 이 자리에 있는 사람들의 불안을 떨쳐내려는 듯이 미하루가 사츠키에게 주장했다.

"맞아……. 저도, 미하루 말이 옳다고 생각해요."

세리아도 미하루에게 동의했다. 남은 우리가 할 수 있는 일은 무사히 돌아오기를 바라는 것뿐이라고.

"미하루, 세리아 씨……."

두 사람이 말이 마음에 와닿았는지 사츠키가 감동한 표정을 지었다.

"오빠와 아이시아 언니가 같이 있으면 절대로 아무에게도 안 져."

"그렇습니다." "응." "맞아요."

라티파의 목소리도 밝아졌다. 사라, 오피아, 아르마도 미소를 보이며 동의했다.

"여러분 말씀이 맞아요. 우리가 할 수 있는 게 있다면 하루토 님이 돌아오실 때를 대비해 평소처럼 지내는 거겠죠. 이번 일로 국내 귀족들이 거칠어질 테니 하루토 님과 리제롯테에게 괜한 영향을 끼치지 않도록 제가 할 수 있는 일을 하겠어요."

"……고마워, 샤를. 도울 일 있으면 말해. 성격에 안 맞지만, 용사로서 할 수 있는 일이 있으면 할 테니까."

샤를로트가 도도하게 말하며 패기를 보였다. 이에 사츠키도 마음을 바꿨다.

"네, 그때는 잘 부탁드립니다. 하루토 님의 귀환이 늦어지면 늦어질수록 귀족들도 초조해질 거예요."
"언제 올지는 모르겠지……."
리오는 리제롯테가 어디 있는지도 모르는 상황에서 추적에 나섰다. 구출 시간이 얼마나 걸릴지는 리제롯테가 어디 있느냐에 달렸다. 리제롯테가 국내에 있을지도 모르고 국외에 있을 가능성도 있었다.
"하루토 씨가 늦게 돌아올 수도 있다면 우리가 고우키 씨에게 알리는 게 좋겠어."
오피아가 옆에 앉은 사라를 보며 말했다.
"그렇군요. 늦게 돌아가면 걱정할 테니까요."
"어떤 분과 만나기로 약속하셨나요?"
샤를로트가 물었다.
"하루토 씨와 인연 있는 분들과 만나기로 약속했습니다. 약속을 지키지 못할 수도 있으니 상황을 보고하러 잠깐 성을 떠날 수도 있습니다."
"그러셨군요. 가실 때는 언제든 말씀하세요. 제가 아버님께 말씀드리겠습니다."
"감사합니다."
"천만에요. 그럼 저는 일단 성으로 돌아가겠습니다."
"어라, 벌써 가?"
샤를로트가 자리에서 일어나자 사츠키가 말을 걸었다.
"네. 앞으로 어떻게 할지 아버님께 여쭤보려고요. 움직임이 있으면 정보를 공유할 테니 여러분은 편히 계세요."

"그래……. 고마워, 샤를."

"아닙니다. 왕족의 의무이기도 한걸요."

맡겨주세요. 샤를로트는 그 말을 남기고 방을 나갔다.

【 제 2 장 】 ❈ 도중

리오가 성녀 에리카를 추적한 지 약 한 시간이 지났다. 그동안 에리카는 그리핀을 타고 길을 따라 하늘을 날아갔다.

"고도를 낮추기 시작했네요. 근처에 도시나 농촌은 없어 보입니다."

리오가 성녀와 동행인이 탄 그리핀을 가리키며 말했다. 리오와 아이시아가 염화로 소통할 수 있는 거리는 최대 반경 1킬로미터가 넘는데 지금은 신중히 두 배 거리를 유지하며 에리카를 미행했다(연락이 필요할 때만 한쪽이 거리를 좁혀 염화로 대화하기로 했다).

"……그렇군요."

아리아가 뒤늦게 맞장구쳤다. 강화한 인간의 시력은 약 2킬로미터 앞에 있는 그리핀도 선명하게 볼 수 있어 아리아도 고도가 낮아지는 모습을 확인했다.

그러나 2킬로미터 앞에 있는 성녀와 2킬로미터 뒤에 있는 리오 일행은 눈에 보이는 풍경이 달랐다. 각도 상 리오와 아리아가 볼 수 없는 영역도 있었다. 성녀의 시야 범위까지 커버해서 도시나 농촌이 없다는 것을 식별하기는 불가능했다. 리오가 추적하는 내내 성녀가 안 보이는데도 보이는 것처럼 행동한 게 한두 번이 아니라 아리아는 의아했다.

"숲속에 있는 작은 샘에 내리려나 보네요. 쉬려는 것 같습니다. 우리도 거리를 두고 지상으로 내려가죠."

리오는 아이시아와 교신할 수 있는 1킬로미터 권내까지 접근해 고도를 낮췄다.

'숲속에 샘이 있나 본데 여기서는 나무에 가려 보이지 않습니다. 응접실을 나갈 때 1킬로미터는 절대로 놓치지 않고 추적할 방법이 있다고 말씀하셨는데, 어떤 방법으로 눈에 의지하지 않고 시각 정보를 받는 것 같군요.'

아리아는 추측하며 숨을 삼켰다. 재능이 많다고 할까, 바닥이 안 보인다고 할까. 아군으로는 더할 나위 없이 든든하지만, 만분의 일, 아니, 억분의 일, 리오와 대적하는 상황을 상상하니 더할 나위 없이 무서웠다.

아무튼 지면이 코앞이었다. 성녀 일행은 샘이 있는 숲속에 착지하고 리오와 아리아는 숲 밖에 착지했다.

"내려드릴게요."

리오가 아리아를 땅에 내려줬다.

"감사합니다."

아리아는 오랜만에 땅에 발을 내렸다.

'이동 중에 검을 쥐지도 않았어요. 비행은 마검 효과로 설명이 안 되는데 대체 어떻게 하는 걸까요? 한 시간 연속으로 비행하면 마력 소비도 상당할 텐데…….'

궁금하지만, 다짜고짜 질문하기 어려웠다. 그보다 속을 떠보는 질문을 하는 건 전사의 매너가 아니었다.

"역시 그리핀을 쉬게 하려나 봅니다. 누구를 만나는 건 아닌 것 같으니 30분 정도 쉬겠네요."

1킬로미터 앞의 숲속이 보일 리 없을 텐데 리오가 직접 보고 대화까지 들은 것처럼 말했다.

"……그렇습니까."

숨길 생각이 없나?

아리아가 조금 어색하게 맞장구쳤다.

"어떻게 직접 보고, 들은 것처럼 말하나 싶으시죠?"

리오가 자기 입으로 말했다.

"……억지로 말씀하실 필요 없습니다. 효과가 유일무이한 마검이 많으니 숨기는 게 철칙입니다. 이런 걸 할 수 있다는 설명으로 충분합니다. 아니, 그것도 많이 가르쳐준 겁니다."

강력한 마검은 특별 취급한다. 현존하는 수가 적은 만큼 희소가치가 높고, 고대 마술이 담겨있어 전사를 일기당천으로 만들 수 있었다. 심지어 어떤 나라는 마검을 빼앗기고 전력이 폭락하기까지 했다.

따라서 개인이든 국가나 귀족이든 관리가 엄격했다. 적합한 사용자가 없으면 말 그대로 창고에 썩히는 것이고 적합한 사용자가 있어도 희귀한 마검을 맡기기에 부족함이 없는 사람이어야 맡길 수 있었다. 마검을 맡은 사람의 발언력이 세져 갑자기 태도가 바뀔 우려가 있고, 최악의 상황에는 마검을 들고 도망쳐 다른 나라에 붙을 우려도 있기 때문이었다. 그래서 보물창고에 잠들어있는 마검이 상당히 많았다.

그리고 아리아가 말했듯 마검 효과도 숨기는 게 철칙이었다. 효과를 알면 대책을 세울 수 있다. 특히 마검 사용자끼리 싸울 때, 한쪽만 상대의 마검 효과를 알고 다른 쪽은 모른다면 아는 쪽이 훨씬 유리했다.

"아리아 씨는 리제롯테 씨의 심복이고 세리아의 소중한 친구이기도 해요. 함부로 소문낼 분이 아니라고 믿고 조금 자세히 말씀드릴게요. 상대의 위치를 파악하는 방법은 마검 효과가 아닙니다."

리오가 아리아를 믿고 밝혔다.

"그럼 어떤 마도구로?"

"실은 아이시아가 추적을 도와주고 있어요. 나라에서 쓰는 원격 통신용 마도구와 별개로 1킬로미터 정도는 떨어져도 정보를 교환할 방법이 있어요. 그걸로 샘에서 무슨 일이 일어나는지 알려줍니다."

"……그랬군요."

나라에서 일반적으로 사용하는 원격 통신용 마도구는 한 번에 1백 글자 정도 되는 전언을 송수신하는 물건인데, 리오는 도중에도 지금도 마도구를 쓰지 않았다. 아리아는 두 사람이 어떠한 수단으로 정보를 교환하는 게 사실이라고 추측했다.

"그리고 통신용 마도구보다 통신할 수 있는 거리는 짧지만, 도청당할 걱정이 없습니다. 문자 정보를 보내는 게 아니라 마음속 목소리로 소통하다 보니 언제든 필요할 때 대화할 수 있어요.”

“그거, 대단히 편리하겠군요……. 통신 거리가 짧아도 편리하겠어요.”

리제롯테를 모시는 만큼 아리아도 장사와 정치에 정보 공유 속도가 얼마나 중요한지 알았다.

먼저 정보를 얻으면 유리하게 행동할 수 있고, 한쪽이 교섭하는 동안 다른 쪽이 필요한 정보를 수집해 실시간으로 지시할 수도 있었다. 그 밖에도 활용할 수 있는 여러 상황이 떠올랐다.

악용도 가능했다. 이런 정보 공유 방법이 있는 줄 모르는 사람을 사기도박으로 얼마든지 벗겨 먹을 수 있었다.

“실은 성녀가 응접실을 나갔을 때 아이시아에게 추적해 달라고 부탁했어요. 아이시아도 저처럼 날 수 있어서요.”

“그렇군요……. 아이시아 님도 도와주신다니 정말 든든합니다.”

아리아는 아이시아도 날 수 있다는 말에 조금 놀라면서도 생각하지 못한 지원군의 등장에 기뻐했다.

“추적은 저도 아이시아를 못 이깁니다. 들킬 일이 없다시피 해서 지금도 여러 가지를 가르쳐주고 있어요. 아무래도 성녀는 본국으로 돌아가는 것 같네요.”

성녀가 도중에 몇 번인가 추적을 경계하는 시늉을 하기는 했지만, 추적하는 리오와 아리아를 눈치챈 기미는 없었다.

영체화한 아이시아를 알아차릴 여지도 없으리라. 인간은 영체화한 정령을 인식할 수 없었다. 영체화한 정령은 현실에 간섭할 수 없는 대신 현실에 간섭받지도 않았다.

영체화한 상태로도 보유한 마력이 새어 나오지만, 자연계에 넘치는 마력에 녹아들었다. 숙련된 정령술사도 주변에 마력이 좀 많네, 할 정도. 마력 감지 마도구를 써도 오작동할까 말까 한 정도였다.

"……성녀는 왕도를 떠나고부터 북서쪽으로 가고 있습니다. 신성 에리카 민주공화국이 있는 방향과 일치합니다."

"그렇다면 역시 리제롯테 씨는 저들의 나라로 먼저 이송됐다고 보면 되겠네요. 지금은 리제롯테 씨의 소재와 관련된 이야기도 안 하고 어디에 들르자는 말도 없나 봅니다."

자기네 세력권 밖에서 인질을 관리하려면 신경이 많이 쓰일 것이다. 하루, 이틀 뒤에 합류한다면 모를까 그렇지 않다면 먼저 본국으로 이송했을 가능성이 가장 컸다.

"그렇, 습니까……."

아리아가 고개를 푹 숙였다.

"……쉬느라 방심한 이 타이밍에 기습해 성녀의 입을 연다면 이상적이겠군요. 3 대 2. 아마카와 경과 아이시아 님이 계시니 승산은 충분합니다."

아리아는 치솟는 감정을 억누르듯 기습이라는 선택지를 꺼냈다.

"기습할 절호의 타이밍이긴 하네요. 하지만 정해진 날짜에 성녀가 돌아가지 않으면 리제롯테 씨가 처단된다는 성녀의 말이 마음에 걸립니다. 이용 가치가 있는 사람을 함부로 대할 리 없으니 허세일 가능성이 크다고 생각합니다만…….”

“……확증이 없으니 기습하면 안 되겠군요. 움직여도 주인님의 소재를 확인하고서. 쓸데없는 말을 했습니다. 죄송합니다.”

아리아가 자신을 타이르며 입술을 깨물고 창피해하며 고개를 숙였다.

주인을 납치한 증오하는 사람이 저 앞 숲속에 태평하게 쉬고 있었다. 지금 당장 진전이 있는 행동을 하고 싶은 마음이 솟구칠 만도 했다. 그 마음을 자제하고 있으니 조급해서 냉정을 잃은 것도 아니고 진심으로 기습하려고 한 말이 아니었다.

“아뇨……. 혼자 생각하면 놓치는 게 있을지도 모르니까요. 당연해 보여도 의견을 내고 타당성을 판단하는 건 아주 중요해요. 저도 순간 지금 기습해야 하나 했어요. 뭔가 떠오르면 바로바로 말하기로 해요.”

리오는 아리아가 긴장한 것을 얼추 알아차리고 긴장을 풀어주려는 듯 상냥하게 말했다.

“……네, 감사합니다.”

리오의 배려가 전파됐는지 아리아가 입술을 앙다물고 공손하게 예를 갖췄다.

‘이러면 안 되죠. 아마카와 경이 연하인데…….’

아리아는 냉정함이 부족한 자신을 반성했다. 뭐라고 해야 하나, 신기할 정도로 차분한 소년이었다. 단순히 예의 바른 것과는 달랐다. 연하인데 연상과 있는 느낌을 받기도 했다. 아리아는 세리아가 그런 점에 이끌려 함께 다니는 것임을 실감했다.

"출발할 때까지 아직 시간이 있어 보이니…… 《디스차지》."

리오는 발로 지면에 마력을 주입해 정령술로 간단하게 땅을 고르고 시공의 장을 사용해 바위 집을 설치했다.

"아니…… 이건?"

아리아가 놀라서 바위 집을 쳐다보았다. 아리아는 감정 변화를 표정에 잘 드러내지 않는데 오늘은 다양한 변화를 볼 수 있는 날이었다.

"시공의 장은 예전에 리제롯테 씨와 같이 있을 때 설명했죠? 이렇게 옮길 수 있는 집을 넣을 수도 있어요. 자연 풍경에 맞춰서 얼핏 보면 큰 바위로 보이게 만들었습니다."

그리고 인식을 방해하는 특수한 마술 결계도 치는데, 수납해놨던 터라 지금은 치지 않았다.

"그렇습니다. 그런데 옮길 수, 있는…… 집, 이요?"

아리아의 상식으로 집은 옮길 수 없었다. 심지어 이렇게 거대한 집을……. 아니, 집이라기보다는 바위.

"들어오세요. 이동 중에 숙소로 쓸 건데 휴식도 할 겸 내부를 설명할게요."

사람들이 바위 집을 처음 봤을 때 보이는 반응에 익숙해졌는지 리오가 살짝 미소 지으며 현관으로 갔다.

리오는 집 구조를 아리아에게 설명하고 가볍게 쉰 후, 다시 출발한 성녀 일행을 추적했다.

몇 시간 후. 성녀와 동행인은 도중에 두 번 더 휴식을 취하고 북쪽 소국 지대를 향해 이동했다.

"슬슬 해가 지겠어요. 정보대로라면 인근 도시에 숙소를 잡을 겁니다."

비행하던 리오가 서쪽 하늘을 보며 말했다.

그리핀은 밤눈이 좋아서 야간에도 비행할 수 있다. 그러나 인간의 시야가 낮보다 제한되고 휴식 지점 확보도 마찬가지로 낮보다 어려워서 야간비행은 추천하지 않는다(낮에 이동하는 게 안전하고 하늘에서는 지상이 새까맣게 아무것도 안 보여서 수색 임무도 수행하지 못하기 때문이다).

무리해서 귀국을 서두를 이유가 없다는 생각이리라. 성녀 일행도 야간 이동은 꺼리는 것 같다고 아이시아가 조금 전 휴식 중에 들은 대화를 가르쳐줬다.

그리고 몇 분 지나지 않아 성녀와 동행인이 탄 그리핀이 하강하기 시작했다.

"하강하네요. 저 도시에 숙소를 잡으려나 봐요. 우리도 내려가죠."

리오도 하강하며 아이시아와 교신할 수 있는 거리까지 접근했다.

「아이시아, 성녀가 숙소 잡는 거 확인하면 연락해줘. 나는 일단 도시로 들어갈게. 무슨 일 있으면 알려주고.」

「알았어.」

필요한 대화를 마치고 암석 지대에 착륙했다.

"이곳에 바위 집을 설치하겠습니다. 그런데 아리아 씨, 저 도시가 내건 깃발 문장을 아세요?"

리오가 현재 있는 곳을 확인하기 위해 아리아에게 물었다.

"보들리에 변경백 가문의 문장이네요. 가르아크 왕국의 귀족입니다. 도시 규모상 영도는 아니니 대관이 통치하지 않을까 싶습니다만……."

국내 귀족이 보유한 문장을 다 기억하는지 아리아가 즉시 대답했다.

"고맙습니다. 그럼 통신용 마도구로 성에 연락할 수 있을지 대관과 이야기해볼 테니 아리아 씨는 집에서 기다려 주세요."

"……알겠습니다. 잘 부탁드립니다."

아리아는 자기만 집에서 대기하는 것에 가책을 느꼈지만, 리오가 갈 곳은 큰 도시가 아니었다. 중간에 맞닥뜨릴 위험이 있으니 한 명이 대표로 가는 게 나았다. 귀족 신분이고 관리와 원만하게 교섭할 수 있는 사람도 리오였다. 의욕이 과해 오히려 민폐를 끼치면 무능하기 짝이 없다는 생각에 순순히 고개를 끄덕였다.

"집에 있는 마도구 사용법은 알려드린 그대로입니다. 주방에 있는 걸 마음껏 드셔도 되고 욕실에서 씻으셔도 됩니다. 앞으로의 추적에 대비해 푹 쉬세요."

"감사합니다."

아리아가 꾸벅 머리를 숙였다.

리오는 그 모습을 확인하고 도시로 향했다.

리오가 지상을 통해 도시로 들어가 대관 저택에 도착했을 무렵.

'성녀는 숙소에 있고 저자는 대관 저택에 갔어요. 도시 밖에 시녀장을 남기고 왔으니 도시 안에서 뭔가 하려는 건 아닌 듯합니다. 리제롯테 크레티아는 이 도시에 없다는 뜻일까요? 그렇다면 성에 연락을 부탁하러 갔나 보군요.'

레이스가 상공에서 도시를 내려다보며 도시 내부 곳곳의 움직임을 관찰했다. 그들의 행동과 위치 정보로 상황과 의도를 정확하게 추측했다.

'이 속도로 샛길로 새지 않고 이동하면 신성 에리카 민주공화국에 수일 내로 도착할 텐데……. 그럼 오늘 밤 내에 지시를 내리는 게 좋겠어요.'

레이스는 입가에 손을 대고 앞으로 어떻게 행동할지 결

단했다. 지시를 내리고 돌아오는 몇 시간은 완전히 눈을 떼야 하지만, 준비할 시간이 많을수록 좋았다. 지시를 미루면 미룰수록 지시받은 사람이 준비할 시간이 줄었다.

성가신 리오와 아이시아의 눈이 성가신 성녀를 향하여 전력이 극단적으로 분산된 이 기회를 놓칠 수는 없었다. 따라서 장기 말 중 누구에게 지시를 내려 움직이느냐가 중요했다. 당연히 작전 성공률이 가장 요구됐다.

'……저자의 주의가 어디로 쏠렸는지 생각하면 역시 천상의 사자단이 움직이는 게 최선이겠죠. 단장의 복수전에 힘내게 해볼까요?'

레이스는 루시우스의 부하들을 움직이기로 했다.

그로부터 약 한 시간 후.

"아리아 씨, 저 왔습니다."

리오가 도시 밖에 설치한 바위 집으로 돌아왔다.

'응……?'

현관문을 열자마자 맛있는 냄새가 코를 간질였다.

"어서 오십시오, 아마카와 경."

현관 앞에 다소곳이 서서 인사하는 아리아가 눈에 들어왔다. 집안에서는 아이시아에게 허락받고 아이시아의 옷을 입기로 했는데(실체화하면 대부분 자기가 만든 옷을 입어서 구매한 옷을 입을 기회가 적다), 거기에 앞치마도 걸쳤다.

"다녀왔습니다……."

"실례지만, 집에 있는 식자재를 써서 저녁을 차리는 중입니다."

엄청난 미인이라 무엇을 입어도 잘 어울리지만, 앞치마를 걸치니 시녀 복장일 때와 인상이 다르다고 해야 하나…….

"……감사합니다. 정말 맛있는 냄새가 나네요."

리오가 조금 당황했다.

"준비가 끝나서 바로 차릴 수 있는데 그래도 될까요? 아니면 목욕부터 하시겠습니까?"

"으음, 그럼 식사부터 하겠습니다. 일단 손 좀 씻고 올게요."

아리아와 신혼부부 같은 대화를 나누니 느낌이 신선했다. 리오는 상냥하게 웃으며 고개를 끄덕이고 세면장으로 걸음을 옮겼다. 손을 씻고 양치질을 하고서 거실로 돌아왔다.

"아마카와 경, 자리에 앉으시지요."

리오는 주방에 있는 아리아의 권유에 자리에 앉았다. 도우려고 했는데 선수를 놓쳤다.

곧 음식이 테이블에 올라왔다.

"간단한 음식뿐이고 아마카와 경이 만드신 요리에는 미치지 못합니다만……."

아리아가 그런 말과 함께 식탁에 아스파라거스와 버섯

을 노릇하게 구운 키쉬와 한입 크기로 자른 채소와 베이컨을 듬뿍 넣은 포토푀, 샐러드, 그리고 크림소스 파스타를 놓았다.

"아뇨, 그럴 리가요. 정말 맛있어 보여요."

아리아가 손수 만든 요리를 먹는 건 처음이지만, 약 한 시간 만에 손이 가는 요리를 여럿 준비해서 익숙한 게 보였다.

"감사합니다. 드셔보십시오."

아리아가 꾸벅 인사하고 리오에게 식사를 권했다. 잔에 음료를 따르고 시녀처럼 테이블 옆에 서서 대기했다.

"저, 아리아 씨는 안 드세요? 아직 안 드셨죠?"

테이블에 아리아의 식기가 안 보여 리오가 의아해하며 물었다.

"저는 일개 시녀이고 억지로 동행한 몸입니다. 함께 할 수 없습니다."

리오와 아리아의 관계는 국가의 명예 기사와 다른 귀족 영애를 모시는 시녀였다. 애초에 논리적으로 함께 식사할 수 있는 처지가 아니라고 아리아가 자기 신분을 들며 선을 그었다. 실제로 귀족은 여러 시종이 지켜보는 가운데 식사하는 게 당연한 일이었다.

"그, 귀족적인 관습에 익숙하지 않다고 할까, 엄숙한 상황에는 도무지 진정이 안 돼서, 같이 드시죠. 같이 들면서 대화도 하면 좋겠는데요."

리오가 조금 겸연쩍은 얼굴로 아리아를 식사에 초대했다. 보는 눈이 있고, 신분을 따져 귀족처럼 행동해야 하는 상황도 있기는 하지만, 타인과 함께 있을 때 그런 생각을 하면 거북했다.

"……네. 그럼 기꺼이."

아리아도 함께 저녁을 먹기로 하며 두 사람의 식기가 테이블에 놓였다.

"잘 먹겠습니다."

"네."

함께 식사를 시작했다.

리오는 먼저 포토푀를 한입 먹었다. 다른 식자재의 맛을 우린 수프로 부드러워질 때까지 끓인 따끈따끈한 채소가 입속에서 사르르 녹았다.

"……맛있다."

아니, 맛이 없을 리 없었다. 아리아는 리제롯테를 모시는 시녀장이었다. 리제롯테의 저택에서 전속 요리사가 요리하겠지만, 때와 상황에 따라 측근 중의 측근인 아리아가 식사를 준비해도 이상하지 않았다. 필연적으로 요리 실력도 일류일 터였다.

"다행입니다."

아리아가 안도하며 표정을 풀고 나이프와 포크를 아름답게 사용해 키쉬를 입으로 가져갔다.

"그건 그렇고 큰 탈 없이 성에 연락했습니다. 나라를 벗어나야 해서 귀환까지 시간이 좀 걸릴 것 같다고요. 늦어도 내일까지는 폐하께 정보가 갈 겁니다. 통신용 마도구는 정보가 누설될 수 있어서 리제롯테 씨와 성녀의 이름은 숨겼습니다."

리오가 보고했다. 통신용 마도구는 통신권 내에 수신용 마도구를 설치하면 누구나 통신 내용을 열람할 수 있어서 정보가 누설될 가능성을 고려해 추상적으로 보고했다. 구체적으로는 리오가 보들리에 변경백령에 도착했다는 것, 나라를 벗어나야 할 것 같다는 것, 귀환에 최소 일주일은 걸릴 것 같다는 것을 보고했다.

"하나부터 열까지 감사합니다."

"아뇨. 저야말로 이렇게 맛있는 식사를 차려주셔서 감사해요."

리오가 키쉬를 입에 넣었다. 그리고 말처럼 정말 맛있어 하며 미소 지었다.

"……."

아리아가 식기를 든 손을 멈추고 리오의 얼굴을 물끄러미 바라보았다.

"왜 그러세요?"

리오가 의아해하며 아리아의 얼굴을 마주 보았다.

"……아뇨, 뭐라고 할까, 아마카와 경이 있어 정말 다행이구나 싶어서요. 세리아를 포함해 많은 분이 아마카와 경을 사모하는 이유를 알 것 같습니다. 말로 잘 표현할 수는 없지만, 아마카와 경은 신기한 매력이 있으시군요."

아리아가 말을 마치고 부드러운 표정을 지었다.

"……왜 그러세요, 갑자기? 치켜세워도 아무것도 못 해드려요."

리오가 쑥스러워하며 당황했다.

"리제롯테 님이 납치되신 걸 생각하면 지금도 성녀와 무력한 저 자신에게 화가 치밀어 오릅니다. 그런데 아마카와 경을 보면 신기하게 쓸데없는 힘이 빠지고 조급함이 가라앉습니다. 덕분에 최상의 컨디션으로 임할 수 있을 것 같습니다."

예리해진 아리아의 표정에서 각오가 엿보였다. 리제롯테를 구하겠다는 결의나 긴장이 풀린 게 아니었다. 오히려 예민해졌다. 그러나 조급해한들 아무것도 달라지지 않는다. 아리아는 리오가 그걸 가르쳐주려는 것 같았다. 할 수 있는 일을 하면 된다고. 실제로 지금에 이르기까지 리오는 그것을 묵묵히 실천했다.

"……성에서 제게 동행을 부탁했을 때 아리아 씨는 상당히 내몰린 얼굴이었어요. 그게 좋은 일인지, 나쁜 일인지는 모르겠습니다. 하지만 저는 아리아 씨의 지금 얼굴이 좋습니다. 제가 뭘 한 기억은 없지만, 아리아 씨에게 좋은 영향을 줬다면 다행이네요."

리오가 말을 마치고 조금 부끄러워했다.

"그런 점, 이겠죠. 역시……."

리오는 이때다 싶을 때 자기 가치관에 근거해 성실하게 나아갔다. 그러나 이렇게 살아야 한다거나 자신의 가치관을 타인에게 밀어붙이지 않았다. 물론 물으면 생각을 말해주지만, 먼저 행동으로 보였다.

그래서 생각하게 된다. 묵묵히 나아가는 리오를 보고 나는 어떻게 해야 하는지, 어떻게 하고 싶은지……. 분명 그런 점이 사람을 끌어당기는 것이겠지. 아리아는 입가에 부드럽게 호를 그렸다.

"뭐, 가요?"

리오가 멍하니 고개를 갸웃거렸다.

"그보다 아이시아 님이 계속 성녀를 감시하고 계시는데 교대는 필수입니다. 제가 할 수 있다면 하다못해 야간만이라도 대신하겠습니다."

아리아는 천천히 고개를 젓고 지금도 쉬지 않고 성녀를 감시하는 아이시아를 걱정했다. 물론 리오와 아이시아가 어떻게 교신하는지 리오가 방법을 가르쳐줘야겠지만, 교대할 수 있다면 아이시아의 부담을 줄여주고 싶었다.

"아, 그건 걱정하실 필요 없다고 해야 하나…… 저도 교대하자고 했는데 괜찮다며 거절했습니다. 아이시아는 식사나 수분 보충, 잠을 자지 않아도 활동할 수 있거든요."

이유는 아이시아가 정령이기 때문이었다. 아이시아는 먹는 걸 좋아하고 먹으면 먹는 만큼 즉각 마력으로 바꿔 보급할 수 있지만, 정령이라서 식사나 수분을 보충할 필요가 없었다. 자는 것도 좋아해서 자주 자지만, 마음만 먹으면 안 자고도 활동할 수 있었다.

단지 아리아는 아이시아가 정령인 줄 모르기 때문에 리오는 어디서부터 설명해야 하나 고민했다.

"……?"

예상대로 아리아가 이상하게 여기며 의문을 가졌다. 인간이라면 필수인 욕구를 충족할 필요가 없다고 하면 그럴 리 없다고 생각하는 게 일반적이었다.

"직접 보고 확인하는 게 제일 빠른데 일단 지금은 말로 설명하는 수밖에 없겠네요. 마침 좋은 기회이니 다른 것도 설명하겠습니다. 예를 들어 저는 마검 효과로 하늘을 나는 게 아니에요."

물론, 검을 매개체로 바람을 분출해 하늘을 날 수도 있지만, 리오는 추적 중 검을 매개체로 바람을 조종해서 하늘을 날지 않았다. 검은 검집에 넣은 채, 건드리지도 않았다.

그도 그럴 것이 리오의 검은 정령술을 쓰기 위해 마력을 모으는 걸 보조하는 효과가 있으며 정령술로 위력을 증폭시킬 수 있으나 검을 기점으로 발동한다는 게 반드시 좋은 건 아니었다.

리오의 육체와 분리해 검으로 정령술을 발동하기 때문에 시전자인 리오가 효과를 받도록 쓰기에 적합하지 않고, 검이라는 특성에 얽매였다. 검을 잡아야 하는 제약도 있었다.

즉, 정령술을 베기나 찌르기 공격에 싣거나 무언가를 검으로 찌르는 경우 등에는, 검을 기점으로 발동하는 만큼 발동도 조작하기도 쉬웠다. 하지만 검을 기점으로 발동하는 쓸데없는 과정이 생겨 오히려 발동 속도나 정밀도에 악영향이 생길 때가 있었다.

예를 들어 검을 대상으로 정령술을 발동한 다음, 다른 대상에 정령술을 쓰는 상황을 가정해보자. 검이 아닌 다른 대상에 정령술을 걸고 싶으면 일부러 검에 걸 필요가 없다. 시전자인 리오가 하늘을 날고 싶은데 검으로 정령술을 발동해 하늘을 날면 괜한 수고만 늘어나는 것이었다.

"……함부로 들을 내용은 아닐 것 같은데 괜찮으시겠습니까? 강력한 마검 이상의 비밀이지 싶습니다만."

아리아는 궁금했지만, 지조 없게 고개를 끄덕이지 않았다.

"낮에 말씀드렸죠. 아리아 씨는 리제롯테 씨의 심복이고 세리아의 소중한 친구이기도 해요. 그러니까 함부로 소문낼 분이 아니리라 믿고 이야기해야겠다고 생각했습니다. 리제롯테 씨를 구출하는 과정에서 마검 효과로는 설명하기 어려운 일을 많이 할 겁니다. 숨겨서 구출 확률이 내려가면 안 되죠."

리오가 알려줘야 하는 이유를 말했다.

"……그렇다면 먼저 제 마검 효과를 말씀드리겠습니다. 그러지 않으면 균형이, 아니, 그래도 균형이 맞지 않지만, 아마카와 경을 향한 제 신뢰의 증거로 삼겠습니다."

아리아가 결연하게 제안했다.

"리제롯테 씨 허락 없이 가르쳐주셔도 되나요?"

마검의 소유자는 주인인 리제롯테였다.

"사후승인을 받겠습니다. 주인님도 반드시 허락해주실 겁니다. 만약 허락해주시지 않는다면 제가 책임지겠습니다."

"그래도……."

"정말 들어도 될지, 아마카와 경이 느끼는 이상의 저항감을 저도 느낀다고 생각해주십시오."

리오가 망설이자 아리아가 호소했다.

"……알겠습니다. 그럼 서로에게 필요한 능력을 밝히기로 해요."

리오는 난처한 듯 씁쓸하게 웃으며 고개를 끄덕이고 아리아의 마검 능력을 듣기로 했다.

먼저 아리아가 마검 능력과 전투 스타일을 리오에게 설명했다. 아리아가 소지한 마검은 『리썰 브링거』라고 하며 마력에 반응해 절단력을 강화하고 상처 치유를 늦추는 효과가 있었다.

한편, 리오는 정령술과 아이시아가 정령이라는 것을 아리아에게 가르쳐줬다. 설명할 게 너무 많아 개요만 설명했지만, 아리아보다 리오가 설명한 시간이 더 길었다.

"역시 제가 들어도 되는 이야기가 아닌 것 같습니다만……. 제가 제공한 정보보다 얻은 정보가 너무 많습니다."

서로 필요한 설명을 마치자 등가교환이 아니라며 아리아의 표정이 굳었다. 정령술에도 놀랐지만, 특히 아이시아가 정령이라는 데 더 놀랐다.

“리제롯테 씨 구출 확률을 올리기 위해서예요. 이제 저도 아이시아도 마음껏 힘쓸 수 있겠네요.”

아리아가 신경 쓰지 않도록 리오가 조금 익살맞은 미소를 지으며 어깨를 으쓱했다. 아군인 아리아에게 손에 든 패를 숨기면 행동에 제약이 생긴다. 상황이 닥칠 때마다 일일이 어떻게 할지, 어떻게 설명할지 판단하느니 먼저 정보를 주고 끌어들이는 게 빠른 길이었다.

“하지만…… 저는 역시나 짐이 되는군요.”

미안한 마음에 아리아의 표정이 어두워졌다.

“절대로 아닙니다. 앞으로 무슨 일이 일어날지 몰라요. 적의 힘이 미지수인 만큼 아리아 씨 같은 실력자가 동행하면 안심돼요. 무엇보다 가장 신뢰하는 아리아 씨가 오면 리제롯테 씨도 안심할 거예요.”

리오가 주저하지 않고 단언했다. 아리아를 배려하는 게 아니라 진심으로 그렇게 생각한다는 걸 알 수 있었다.

‘저는 그 주인을 지키지 못했습니다…….’

아리아는 떳떳하지 못한 얼굴로 한순간 입술을 앙다물었다. 그렇다고 가만히 있을 수는 없었다. 구해야 했다. 구하고 싶었다. 그러기 위해 지금 내가 할 수 있는 일을 한다. 눈앞에 앉아 가만히 자신을 바라보는 리오와 시선을 맞추고 새로이 결심했다.

“……아마카와 경 앞에서는 고개를 들 수가 없네요, 정말로."
아리아는 가냘픈 미소를 짓고 크게 감명받은 눈으로 리오를 바라보았다.

【 제 3 장 】 ❈ 신성 에리카 민주공화국

일주일 후.

가르아크 왕국 북서쪽에 있는 소국가 지대. 가장 북단에 있는 신성 에리카 민주공화국 원수관저로 사용하는 저택의 어느 방 안.

'……큰일 났다. 정말 큰일 났어.'

성녀 에리카에게 납치된 리제롯테는 리오 일행의 추측대로 한발 먼저 신성 에리카 민주공화국으로 이송돼 감금되어있었다. 이 나라에 도착한 게 지금으로부터 딱 일주일 전이었다.

일주일 동안 어떻게 탈출할 방법이 없을까 여러 차례 생각했다. 그러나 방에 창문이 없었다. 탈출하려고 해도 하나뿐인 문은 굳게 잠겼고 문밖에는 감시하는 사람이, 마봉의 족쇄 때문에 마법은 쓰지 못했다.

탈출하기 너무나 어려웠다. 만약 방을 나가도 저택에서 감시하는 누군가에게 들켜 잡힐 테고, 저택을 빠져나가도 도시 밖으로 나가기 전에 붙잡힐 가능성이 컸다. 그리고 도시 밖으로 나가더라도 마법을 못 쓰면 외부 세계에서 살아남을 수 없었다.

마법을 쓰지 못하면 리제롯테는 무력한 열다섯 살 여자아이에 지나지 않았다. 호신술을 익혔지만, 여러 명이 덤

비면 쉽게 제압될 게 자명했다.

그런 건 이 방에 끌려온 당일에 깨달았고 몇 번을 생각해도 똑같은 결론에 다다랐다. 그러나 포기는 별개의 문제였다.

일주일 동안 탈출할 빈틈을 찾아봤다. 그러나 일주일 동안 접촉한 사람은 음식을 가져오는 사람뿐. 음식을 가져오는 사람도 대화하지 않고 곧바로 자리를 떠나서 빈틈을 찾기는커녕 정보를 얻을 기회조차 없었다.

아망드에서 성녀에게 납치될 때 의식을 잃고 정신이 들었을 때는 그리핀을 타고 신성 에리카 민주공화국으로 이송되고 있었으니 저택 이후로는 성녀를 만나지 못했다.

리제롯테를 호송한 종자들도 아는 게 없었고 이동 중에는 재갈을 물고 눈이 가려져 정보를 얻지도, 항의하지도 못했다.

'속수무책이야……. 불안하게 만들려고 일주일이나 내버려 둔다는 걸 머리로는 이해하지만…….'

이해는 하지만, 직접 당해보니 제법 타격이 있었다. 아무튼 생각할 시간은 얼마든지 있었다. 그리고 희망이 없다는 것을 진저리 날 정도로 느꼈다. 최악의 상황이었다. 하지만 쉽게 포기할 리제롯테가 아니었다.

'마법을 쓸 수 있게 되지 않는 한, 탈출은 무리야. 그러면 계속 갇혀있는 수밖에. 하지만 반드시 가르아크 왕국으로 돌아가야 해. 그러니까 지금 어떻게 하면 가르아크 왕

국으로 돌아갈 수 있을지 생각해야…….'

생각할 시간이 있다면 몇 번이고 같은 생각을 하면 된다. 뭔가 새로운 아이디어가 떠오를 수도 있었다. 감금된 지금 이 상황에 가르아크 왕국으로 돌아갈 수 있는 사태가 발생한다면…….

'이 상태로 탈출하는 게 불가능하다면 마봉의 족쇄를 풀 열쇠를 손에 넣거나 그리핀을 훔쳐서 가능한 상태로 만드는 수밖에. 나를 납치한 목적이 리카 상회와 관련이 있다면 그걸 실마리로 나를 돌려보내도록 교섭을 시도해보는 거지. 아니면, 그냥 구출을 기다리거나.'

스스로 움직이거나 다른 사람이 움직이기를 기다리는 수밖에 없었다.

'누가 구하러 오는 게 제일 좋긴 한데, 너무 내 입맛에 맞는 이야기지…….'

이번 납치는 리제롯테가 방심해서 생긴 일이었다. 아버지인 크레티아 공작을 포함해 구출을 주장하는 사람도 있겠지만, 자업자득이라는 시각으로 반대하는 사람도 있을 게 분명했다. 용사인 성녀가 설립한 나라와 대적할 가능성이 있으니 더욱더.

국왕이지만, 프랑수아는 귀족의 말을 무시할 수 없었다. 나라를 위해 분쟁을 피하고자 소수인 리제롯테의 희생을 강요하는 선택을 내릴 가능성이 컸다.

승산이 높고 크레티아 공작처럼 영향력이 큰 유력자가

프랑수아에게 리제롯테를 구출하자고 주장해야 그나마 원만하게 구출부대가 편성될 터였다.

그러나 아버지인 크레티아 공작이 딸을 구하자고 나서면 국가를 사적인 일로 움직일 생각이냐고 공격할 테니 이번에는 아버지를 의지할 수 없었다.

혹은 리제롯테를 구하기 위해 누군가가 은밀히 움직일 가능성도 있었다. 그러나 이 상황에 리제롯테를 구하려고 신성 에리카 민주공화국에 잠입하면 가르아크 왕국의 지시를 받았다고 의심할 게 당연지사. 독단으로 그런 짓을 저지르면 가르아크 왕국을 배신하는 것이나 다름없었다.

'……나를 위해 그런 위험을 짊어질 사람은, 없겠지.'

순간적으로 한 사람이 떠올랐지만, 그런 꿈같은 일이 일어날 리 없었다. 자신을 따르는 시녀들이 나서는 게 더 현실적이었다.

그러나 리제롯테를 따르는 시녀들은 주인을 구하기 위해 단독행동에 나서면 가르아크 왕국에서 리제롯테의 입지가 더 나빠진다는 걸 모를 정도로 어리석지 않았다. 국왕인 프랑수아의 허가가 없는 한은 지켜보는 게 최선임은 알고 있을 터였다.

'그 아이들, 괜히 책임감 느끼지 않았으면 좋겠는데……. 특히 아리아에게 몹쓸 짓을 했어.'

리제롯테는 아리아와 성녀의 전투를 떠올렸다.

그때, 성녀 에리카는 분진을 일으켜 시야를 차단하고 리제롯테를 노리는 척해서 아리아가 분진에서 뛰쳐나오기를 기다렸다. 아리아가 분진에서 뛰쳐나오는 순간을 노릴 줄 알았던 리제롯테는 아리아에게 큰 소리로 경고했고 성녀에게 위치를 알리고 말았다.

의식을 잃기 전, 아리아가 잠복하고 있던 성녀를 피해 뒷걸음질 치는 모습을 간신히 보았다. 신체를 강화했을 테니 치명상은 피했을 것이다. 어쩌면 다치지 않았을 가능성도 있었다.

'그때, 내가 아리아에게 경고하지 않아도…….'

아리아라면 대처했을지도 모른다는 의심이 머리를 쳐들었다.

만약 그렇다면?

'……내 실수야.'

리제롯테는 후회하며 고운 얼굴을 찌푸렸다. 부하들이 가책에 시달릴 것을 생각하니 너무나 미안했다.

신경 쓰지 말라고 하고 싶었다. 가르아크 왕국에 더 민폐를 끼칠 수도 없었다.

'어떻게든 가르아크 왕국으로 돌아갈 거야.'

리제롯테는 누가 구하러 올지도 모른다는 작은 바람을 버리고 반드시 돌아가리라 결심을 굳혔다.

상황이 절망적이라고 해서 약해져서는 안 된다. 그렇다. 약해져서는 안 된다. 이때까지 직접 몇 번이나 길을 개척했다. 이번에도 그렇게 하면 된다.

그러기 위해서는…….

'일단 대화가 먼저야. 상대의 의도를 살피고 교섭을 시도해보자. 계속 이대로 두지는 않을 테니까 곧 누가 만나러 올 거야.'

누가 만나러 오지 않으면 대화조차 불가능했다. 자신이 약해진 타이밍을 노려 교섭을 시도한다면 오히려 역이용하면 된다.

일주일 동안 대화할 기회조차 없었던 상황에 드디어 대화할 기회가 찾아올지도 몰랐다. 그 기회를 이용하지 않고 포기할 정도로 자신은 어리석지 않았다.

유폐된 상황에도 내 뜻은 꺾이지 않았다고 주장하고 싶으면 반항적으로 굴면 된다. 반대로 상대의 방심을 유도하고 싶으면 순순히 굴면 된다.

다만, 둘 다 단점이 있었다. 거칠게 반항하면 상대의 태도까지 강경해질 우려가 있고 너무 순순하게 굴면 오히려 경계할 우려가 있었다. 그런 상황을 피하려면 갑자기 한쪽으로 치우치게 행동하지 않고 때에 맞게 행동해야 했다.

리제롯테는 이번에는 조금 피곤한 모습을 보이는 게 좋겠다고 생각했다.

'갑자기 그 성녀가 오지만 않았으면 좋겠어.'

성녀 에리카 외의 인물과는 접촉이 일절 금지인 상황이 유일한 문제였다.

'솔직히 그 사람은 속내를 모르겠어. 성녀 에리카일 때도

사쿠라바 에리카일 때도…….'

아망드에서 겪어본 한으로는 대하기 어렵다고 할까, 교섭 상대로는 최악이었다. 아니, 인상도 최악이었다.

성녀 에리카일 때는 결론을 정해놓고 이야기해서 본심을 읽을 수 없고 사쿠라바 에리카일 때는 사람을 깔보며 본심을 숨기는 경향이 있어 보였다. 애초에 아망드에서 리제롯테와 교섭할 마음이 있었는지도 모르겠다.

'여기로 돌아오는 대로 만나러 올 텐데, 그 전에 다른 사람이 왔으면 좋겠다.'

다음 날.

아침, 리제롯테가 식사를 마치자 항상 식기를 치우러 오는 사람과 두 남녀가 들어왔다.

한 사람은 리제롯테를 이곳으로 호송한 사람 중 한 명인 검사, 다른 사람은 처음 보는 남자였다.

검사는 남자의 호위로 동행한 모양이었다.

"처음 뵙겠습니다. 저는 신성 에리카 민주공화국의 재상 안드레이라고 합니다."

남자, 안드레이가 가슴에 오른손을 대고 귀족처럼 자신을 소개했다. 긴장했는지 표정도 동작도 딱딱했다.

'재상치고는 젊네. 순진해 보이는데…… 연기 같지는 않아.'

리제롯테는 짧은 인사를 통해 상대를 관찰하고 내심 당황했다. 재상은 국가의 대표를 보좌하는 사람이 맡는 자리라서 정치 경험이 풍부한 인물이 맡는 게 관례였다.

그러나 안드레이의 나이는 20대. 괜찮은 청년이긴 하지만, 정치에 익숙하다는 느낌이 전혀 들지 않았다. 그보다 다른 나라 귀족에게 긴장한 걸 들키다니 한 나라의 대표를 보좌하기에는 많이 부족했다.

하지만 드디어 교섭할 기회가 왔다. 조금 미덥지 못한 점이 신경 쓰이지만, 재상이라면 교섭 상대로 나무랄 데 없었다.

"처음 뵙겠습니다. 이미 아시겠지만, 리제롯테 크레티아입니다."

리제롯테는 조금 초조한 척하면서도 안드레이에게 사교적으로 인사했다.

"네, 당신……이라고 해야 하나, 리카 상회는 알고 있습니다. 저도 예전에는 여기서 장사를 했던지라."

"그렇군요. 영광입니다."

"대귀족 아가씨가 리카 상회 회장이라는 말을 들은 적 있고 나탈리아에게 갓 성인이 된 어린아이로밖에 안 보인다고 들었는데 정말 젊군요."

안드레이가 리제롯테를 물끄러미 바라보았다. 외모가 앳되다고 얕보는 게 아니라 동경심과 뒤섞인 호기심이 엿보였다.

"……저, 무슨 일로 오셨습니까?"

리제롯테가 곤혹스러워하며 물었다.

"실례했습니다. 오늘은 당신에게 우리나라를 보여주려고 왔습니다."

안드레이가 가볍게 헛기침을 하고 용건을 밝혔다.

"나라를 보여준다?"

"우리나라가 얼마나 멋진 나라인지 직접 보여줘서 깨닫게 하고 싶습니다. 그러면 에리카 님의 위대함도 알게 될 테니까요."

"밖으로 나갈 수 있는 겁니까?"

"네."

"……그래도 됩니까? 일주일 동안 철저히 접촉을 차단하더니 갑자기 밖에 나간다고요?"

"네. 성녀 에리카 님의 지시입니다."

"……그렇군요. 그 지시의 의도가 뭔지 여쭙고 싶습니다만……."

"성녀 에리카 님의 생각은 아망드에서 하신 말씀과 같습니다. 당신을 신성 에리카 민주공화국에 영입하고 싶습니다."

"그 일은 세 차례 거절했습니다. 재갈 때문에 제대로 대화도 못 했지만, 나탈리아 씨에게도 오는 길에 부탁했습니다. 가르아크 왕국으로 돌아가자고요."

리제롯테는 안드레이 뒤에 서 있는 검사 나탈리아를 힐끗 보았다.

"안드레이 님, 이 여자는 에리카 님의 심려를 이해하지 못하는 불손한 귀족입니다."

이거다. 나탈리아는 리제롯테를 이상하리만치 적대시했다. 리제롯테가 귀족이라서 그런 모양인데 성녀 에리카를 향한 충성심도 강해 보였다.

도중에 아망드에서 있었던 사건을 설명하고 에리카의 행동이 중대한 국제 문제가 될 수 있다고 주장했으나 들은 척도 안 했다. 그러다가 귀찮아하며 재갈을 물렸다.

"……아무래도 사소한 오해가 있었던 모양이네요. 성녀 에리카 님과도, 나탈리아와도."

안드레이가 난처한 한숨을 흘렸다.

"사소한 오해요? 저는 성녀 에리카에게 갑자기 공격당하고 납치되어 이 나라로 부당하게 끌려왔습니다만……."

지금 일어난 일의 어디가 사소하냐며 흥분하지 않고 차분하게 항의했다. 불만을 표현하기 위해 표정도 목소리도 자연스럽게 굳혔다.

"……당신이 에리카 님에게 구속당해 우리나라에 왔다는 건 나탈리아가 에리카 님의 말씀을 전해줘서 저도 압니다."

안드레이는 에리카와 함께 이 나라로 리제롯테를 이송한 나탈리아를 보며 부분적으로 사실관계를 인정했다.

"그럼 다른 나라 사람을 억지로 납치한 이 상황을 당신이 어떻게 받아들이고 있는지 묻고 싶군요."

리제롯테가 날카로운 눈빛으로 물었다.

"저는 에리카 님을 믿습니다. 그리고 국가 원수인 에리카 님 대신 제가 이번 일의 사실관계를 인정하거나 부인할 수는 없습니다. 지금도 생기고 있는 오해는 에리카 님이 돌아오셔서 직접 말씀하실 겁니다. 재상인 제 말은 국가의 말이 될 수밖에 없으니 이해해주세요."

안드레이는 리제롯테가 납치된 일을 인정하지도 부인하지도 않고 들을 생각도 없다는 듯이 딱 잘라 말했다.

국가 원수인 에리카와 타국에서 끌려온 리제롯테. 여기서 입지가 약한 사람은 리제롯테였다.

리제롯테를 믿지 못하니 주장이 정당해도 상대방이 믿고 받아들일 가능성은 희박했다. 잘못된 방식으로 주장하면 아예 귀를 닫을 터였다.

계속 피해를 호소한다고 저들이 부끄러워하고 후회하고 사과하며 "안녕히 돌아가세요"라고 할 것 같지 않았다.

"……알겠습니다. 하지만 저는 사소한 오해가 아니라 심각한 국제 문제가 될 사태가 발생했다고 본다는 건 알아두시죠."

리제롯테는 감정이 이끄는 대로 분노를 표출하는 대신 경고와 함께 한숨을 내쉬었다.

에리카를 깎아내리는 건 쉽지만, 굳게 믿는 사람을 나쁘게 말하면 안드레이가 좋게 보지 않을 게 쉽게 상상됐다. 내 편이 아무도 없는 이 상황에 적을 만드는 언행은 삼가야 했다.

에리카가 와서 대화할 때, 그때 비난하면 된다고 판단했다.

"……명심하죠."

"……그래서 성녀 에리카도 없는데 무슨 용건입니까?"

"이미 말씀드렸다시피 우리나라가 얼마나 훌륭한 나라인지 당신이 알아줬으면 합니다. 당신이 좋은 사람이라면 우리나라에 관해 알게 되면 에리카 님에게 협력할 테니까요. 그러면 오해도 풀릴 겁니다."

안드레이는 믿어 의심치 않아 하며 주장했다.

'……정말로 그냥 나라를 보여주려고 온 거야? 이 타이밍에?'

교섭하러 온 줄 알았던 리제롯테는 얼이 빠졌다.

"……모르겠네요. 왜 당신이 그렇게 확신하는지. 지금도 성녀 에리카의 지시를 받고 온 건 알지만, 성녀 에리카가 타국 귀족인 저를 일방적으로 끌고 온 이 상황을 보고도 어떻게 그녀를 굳게 믿는지."

에리카를 너무 믿어서 마치 꼭두각시를 보는 것 같았다. 안드레이의 생각을 알 수 없어서 리제롯테는 조금 기분이 나빠졌다.

"간단합니다. 에리카 님의 뜻이 제 뜻이기도 하다고 생각해주세요."

안드레이가 아무 망설임 없이 말했다.

"그렇, 군요……."

맞장구친 리제롯테의 마음속에 낙담이 진하게 퍼졌다.

어렴풋이 눈치챘지만, 성녀 에리카를 대단히 신봉하고 있었다. 이 상태가 유지되는 한은 자신과 절대로 양립할 수 없다고 확신했다. 그리고 도저히 이해할 수 없는 게 있었다.

'……정말, 모르겠어. 성녀가 왜 이렇게까지 신봉되는지.'

리제롯테가 아는 한, 적어도 이 나라 상층부는 성녀와 이미지가 먼 에리카를 성녀로 신봉했다.

대체 무엇을 하면 이런 믿음을 얻을 수 있을까? 무슨 비밀이라도 있나? 지금은 도통 알 수가 없었다.

"……알겠습니다. 안내를 부탁드려도 될까요? 제가 너무 모르긴 하네요. 성녀 에리카도, 이 나라도."

가르쳐준다니 배워보자. 이 나라를 자세히 보여주겠다니 정보를 수집할 절호의 기회이지 않은가. 돌다리도 두드리기만 해서는 건널 수 없다. 일단 한 걸음 내딛는 게 중요했다.

"현명한 여성이군요. 에리카 님이 기대하실 법합니다. 그럼 따라오세요."

안드레이가 만족스럽게 고개를 끄덕이고 리제롯테를 밖으로 나오게 유도했다. 이렇게 리제롯테는 일주일 만에 밖으로 나오게 되었다.

리제롯테는 안드레이와 나탈리아, 그 외 여러 경호…… 라기보다는 감시자에게 에워싸여 저택 밖으로 나갔다.

"그런데 우리나라에 관해 어디까지 아시죠?"

안드레이가 현관 밖에 멈춰서 리제롯테를 돌아보고 물었다.

"신성 에리카 민주공화국이 여러분이 혁명을 일으켜 왕정을 폐지하고 탄생했다는 건 전해 들었습니다. 다만, 왜 혁명이 일어났는지는 모릅니다."

"슈트랄 지방 북동부는 무수한 소국가가 난립해서 분쟁이 잦지만, 우리가 혁명을 일으킨 리바노프 왕국은 분쟁과 연관이 없었습니다. 주요 산업이 농업인데 토지는 메말랐고 자원이 풍부하지도 않죠. 북쪽 끝에 있어 전략적으로 중요한 땅도 아니고 평년 기온도 낮아요."

예나 지금이나 타국이 노릴 만한 이유가 없다고 안드레이가 자조하며 설명했다.

"……."

리제롯테는 부정도 긍정도 하지 않았지만, 맞는 말이라고 생각했다. 북쪽 소국가 지대에 있는 한 나라에 혁명이 일어난 것 자체는 강렬하지만, 가르아크 왕국과 거리가 멀고 전략적으로 존재감 있는 나라도 아니라서 정보 수집을 뒤로 미뤘다.

"리바노프 왕국의 역대 국왕은 모두 악정을 펼쳤습니다. 입지적으로 자국에 아무것도 없다는 걸 역이용해서 프로키시아 제국의 속국이 되었고 그 비호 아래 왕가와 그들과 생각이 같은 유력 귀족만이 유복하게 살 수 있는 체제를 구축하고 국민을 학대했죠. 혁명은 그 반동으로 일어났습니다."

"……즉, 성녀 에리카가 없어도 혁명은 필연적으로 일어날 것이었다는 말씀입니까?"

"혁명이 일어날 기반이 있었다고 해두죠. 하지만 에리카 님이 안 계셨으면 혁명은 일어나지 않았을 겁니다. 인간의 비열함을 졸여낸 듯 탐욕을 부리는 약은 왕후 귀족들과 달리 우리 국민은 너무나 무지하고 정치에 무관심했습니다. 자기네 나라 상황도 잘 모르고 아무리 부조리해도 아무리 삶이 고달파도 왕후 귀족을 거스를 수 없다며 착취를 당연시했죠."

"그런 당신들을 바꾼 게 성녀 에리카였다?"

"네. 신분은 상관없다. 인간은 태어날 때부터 평등하며, 평등하게 살 권리가 있다. 그것이 인간을 초월한 신들이 정한 세계 최고의 규칙이다. 왕후 귀족도 고작해야 인간이니 인간을 불평등하게 다루는 법을 만들어 권력을 행사하는 왕후 귀족은 틀렸다."

안드레이가 역설했다.

"에리카 님은 무지한 우리에게 지식을 주셨어요. 솔선수범해서 왕후 귀족에게 반항할 용기를 주셨어요. 절망한 국민을 구원해주셨습니다. 혁명으로 국민이 죽지 않도록 늘 자신이 선두에 서서 돌진하셨죠."

그리고 이어서 말했다. 그 상황을 실감한 것처럼 안드레이의 목소리가 뜨거웠다. 그러나 리제롯테에게는 실감할 수 없는 제삼자의 말일 뿐이었다.

"저는 성녀 에리카가 이 나라에 무엇을 했는지 모릅니다. 고통받는 민중을 구했다면 훌륭한 일이지만, 제 눈으로 직접 본 건 아니죠. 그래서 왜 여러분이 그렇게까지 성녀를 신봉하고 무조건 따르는지 이해가 안 됩니다."

리제롯테는 지금 안고 있는 인상을 솔직하게 밝혔다.

요컨대 안드레이의 말만 들어서는 에리카를 믿을 수 없고 오히려 이렇게까지 맹신하니 성녀의 인상이 점점 안 좋은 쪽으로 모호해졌다. 전부 아망드에서 일어난 일 때문이었다.

"이제부터 알면 됩니다. 그분은 약자를 위해 솔선수범하고 기적 같은 힘으로 기적 같은 결과를 남기시죠. 우리나라도 그 결과 중 하나입니다. 우선, 기적이라고 할 수밖에 없는 에리카 님의 힘 일부를 보여드리죠."

안드레이는 자랑스럽게 미소 짓고 저택 현관에서 정문으로 이어진 길을 걷기 시작했다.

리제롯테가 감금된 저택에서 몇 분 떨어진 곳.

"이미 아실 수도 있지만, 여기는 신성 에리카 민주공화국의 수도 에리카부르크이며 원래는 리바노프 왕국의 왕도였습니다. 당신이 머무는 저택은 귀족 거리 변두리에 있던 원수관저예요."

안드레이가 앞서 걸으며 도시를 설명했다.

"……그럼 이 주변도 귀족 거리였습니까?"

"네, 활기가 넘치죠?"

"그렇긴 하지만, 장인만 보이는군요. 곳곳이 공사 중인데……."

리제롯테가 주위를 둘러보고 당황해서 본 그대로를 말했다.

그렇다. 주변에는 장인과 심부름꾼뿐. 일과 관련 없는 일반 시민은 보이지 않았다. 모두 힘차게 말을 주고받으며 바쁘게 일했다.

"혁명 때 민중이 성까지 몰려갔거든요. 그때 귀족 거리도 상당히 파괴됐습니다. 지금은 청사로 쓸 땅과 건물을 골라 우선순위를 정하고 공사 중입니다."

귀족 거리에 늘어선 저택은 대부분 엉망진창이었다. 특히 예전에 있던 성과 이어지는 길을 접한 저택이 심각했다. 길도 어떻게 했는지 움푹 파이고 파괴된 흔적이 눈에 띄었다.

'……혁명의 상흔인가. 국민의 분노가 보여.'

리제롯테는 복잡한 표정으로 주위를 둘러보았다.

위정자로서 결코 남의 일이 아니었다. 민중의 분노가 쌓여 불만이 폭발하면 아망드도 이렇게 될 우려가 있었다.

"특히 이 주변은 파괴된 흔적이 많죠. 저기쯤에 있는 잔해더미가 보이나요? **저기에 왕성이 있었거든요**."

안드레이가 걸어가던 방향의 1백 미터 앞을 손으로 가리켰다.

"……왕성이?"

리제롯테가 의아한 표정을 지었다. 안드레이가 가리킨 방향에 성 같은 건물은 없었다.

다만, 그곳만 이상하게 탁 트이고 잔해더미와 토사가 쌓여있었다. 그곳에 무언가 주변 건물보다 큰 건물이 있었던 것처럼…… 풍경에 위화감이 들었다.

"네, 있었습니다. 과거형으로요. 성은 혁명 때 성녀님이 파괴해서 왕족과 함께 묻었거든요."

안드레이가 아무렇지 않게 말했다.

"네?!"

리제롯테는 깜짝 놀랐다.

"좀 더 가까이 가면 알 수 있어요. 원래 저곳에는 절벽이 있었습니다. 그 위에 돌로 지은 튼튼한 성이 있었는데……."

안드레이는 다시 걸었다.

"……성녀 에리카가 혼자 파괴했단 겁니까?"

리제롯테가 잰걸음으로 쫓아가며 물었다.

"네, 일격이었죠."

안드레이가 자랑스럽게 대답했다.

"이, 일격……?"

리제롯테는 예전에 성이 있었다는 잔해더미를 물끄러미 쳐다보았다. 입지와 대지 넓이로 그곳에 어느 정도 규모의 성이 있었을지 대충 짐작이 갔다.

소국이지만, 왕족이 사는 건물이었다. 지반이 좋은 곳을 골라 튼튼하게 지었을 게 분명했다.

'저곳에 절벽이 있었고 그 위에 있던 성을 일격에 파괴해? 최상급 공격 마법을 직격시켜도 무리야.'

아룡의 피부 정도는 아니지만, 성벽에는 마법 공격 내성이 높아지게 특수한 칠을 했다. 여기 있던 성도 그랬는지 모르지만, 만약 칠하지 않았더라도 절벽과 성을 한꺼번에 부수는 건 비현실적이었다. 일격으로 파괴했다고 해도 바로 믿기 어려운 이야기였다.

"……대체 어떻게?"

리제롯테는 말문이 막혔지만, 간신히 입을 움직여 질문을 짜냈다.

"말하지 않았습니까? 성녀님은 기적 같은 힘이 있으시다고. 혁명군으로 참가한 모든 민중이 증인입니다."

안드레이는 리제롯테의 반응에 일이 잘 풀리는 것 같았는지 자랑스럽게 활짝 웃었다.

"……혹시, 신장의 힘인가요?"

"신장?"

안드레이가 의아한 표정을 지었다.

"슈트랄 지방에 소환된 용사들이 가진 전설의 무기입니다. 성녀 에리카도 지팡이가 있잖아요? 그게 신장이라는 건 압니다. 설마…… 성녀가 용사인 줄 몰랐습니까?"

"네, 네, 처음 알았습니다. 용사가 강림한 나라가 있는 것 같다는 이야기는 들었습니다만……."

안드레이가 눈이 휘둥그레져서 고개를 끄덕였다. 변경의 소국에는 이렇다 할 정보가 들어오지 않아서 용사에 관해 잘 모르는 것 같았다. 반응을 보니 에리카가 밝히지 않았다는 말도 거짓말 같지 않았다.

"그렇군요……"

리제롯테가 맞장구쳤다.

'성녀는 자기 사람에게도 용사임을 숨겼어. 아망드에서 날뛰기 직전에 용사라는 걸 아직 숨기고 싶다고 했었지…….'

답이 없는 문제라고 생각해서 다른 곳으로 밀어놨는데 새삼 이유가 궁금해졌다.

'그건 그렇고 사츠키 씨와 다른 용사도 신장으로 똑같이 할 수 있을까?'

리제롯테의 기억 속에 가장 신장의 힘을 끌어낸 용사는 리오와 대련 중에 야마타노오로치를 모방한 수룡을 소환한 히로아키였다.

히로아키가 컨트롤하진 못했지만, 모든 수룡을 합쳤을 때는 규모가 최상급 공격 마법에 필적했다. 그러나 당시의 수룡을 전부 명중시켜도 절벽을 무너뜨리기는 어려울 것 같았다.

전설은 대개 과장되는 법이다. 리제롯테는 히로아키가 소환한 수룡을 보고 신장의 능력이 최상급 공격 마법이나 그보다 규모가 큰 공격을 자유자재로 쓰는 정도라고 착각했다. 물론 그 정도도 상당히 위협적이었다.

그러나.

'……설마 신장의 능력은 그 정도가 아닌가? 최상급 공격 마법의 몇 배…… 못해도 높직한 절벽쯤은 일격에 날려버릴 수 있다면?'

상당히 위협적인 정도가 아니었다. 그런 공격을 하는 사람이 앞장서서 돌격한다면 1만 군세가 덤벼도 간단하게 질 우려가 있었다. 용사는 그만한 힘이 있는 것이다.

다만, 지금 다른 용사들도 그럴 수 있을지는 의심스러웠다. 똑같이 신장을 쓰니까 성녀는 되고 다른 용사는 못 할 이유가 없으나 리오와 대련할 때 야마타노오로치를 불완전하게 소환한 히로아키는 무리였다.

'성녀는 신장에 깃든 미지의 힘을 끌어내는 방법을 아나? 그걸 숨기려고 용사란 걸 밝히고 싶지 않았다거나? 숨겨두면 혹여나 전쟁이 벌어졌을 때 적군보다 크게 유리해져.'

정보가 전혀 없는 상황에서 적군이 그런 힘을 쓰면 대책 없는 아군은 잠시도 못 버틸 게 자명했다. 성녀의 힘이 신장의 힘으로 연결되면 용사를 거느린 나라는 대책을 세우고자 용사의 힘을 끌어내려고 할 터였다. 성녀는 그렇게 되는 걸 막고 싶지 않았을까?

아직 확증은 없지만, 리제롯테는 그런 생각에 다다랐다. 요행수라고 해야 하나, 납치돼서 알게 된 귀한 정보였다. 그렇다면 가르아크 왕국의 귀족으로서 해야 하는 일이 있었다.

'사소한 거라도 좋아. 성녀를 더 알아야 해.'

예를 들어 성녀가 이 세계에 오고 무슨 일이 일어났는지, 왜 성녀가 되기로 했는지 등.

"……리제롯테 씨?"

그때, 안드레이가 말을 걸었다. 성녀가 용사라는 말에 놀란 안드레이는 용사가 가지는 의미를 얼마나 이해했을까? 「에리카 님은 용사님이기도 하시구나. 사실이라면 대단한데」라고 무조건 긍정적으로 받아들인 듯했다. 환희를 맛보고 마음을 가라앉히고는 우두커니 서 있는 리제롯테의 반응을 궁금해하며 안색을 살폈다.

"아, 네, 조금 충격이 커서……."

리제롯테는 어색하게 웃어 보였다.

"제일 먼저 이곳으로 온 보람이 있군요. 이해하셨습니까?"

안드레이가 매우 만족스럽게 싱글벙글 웃으며 물었다.

"……무엇을, 말입니까?"

"우리가 에리카 님과 함께하는 이유를요."

"……이런 힘이 있어서 따른다는 식으로 받아들일 수는

있지만, 그건 아니죠?"

따르는 대상이 권력이라는 힘에서 더 강력하고 순수한 폭력으로 바뀌었다. 에리카는 권력까지 굴복시킬 힘이 있다. 리제롯테는 그렇게 볼 수도 있다고 에둘러 지적하고 물어봤다.

"아니죠. 그분에게는 대의명분이 있습니다. 누구보다 국민을 생각하십니다. 에리카 님은 약자를 구제하기 위해서만 힘을 쓰십니다. 강력한 힘이 있어서 성녀인 게 아닙니다. 성녀라서 강력한 힘이 있는 겁니다. 그래서 우리는 그분이 가는 곳에 미래가 있다고 확신합니다. 그분의 등을 보며 따라가는 거죠. 말하자면 에리카 님은 우리의 도표입니다."

안드레이는 전혀 의심하지 않는 얼굴로 역설했다. 그것은 조건 없는 신뢰였다. 아니, 신뢰라는 말도 적절하지 않았다. 이것은…….

"……성녀 에리카를 신앙의 대상으로 신성시하는 것처럼 들립니다. 그야말로 육현신을 신앙하듯이."

그래, 신앙이다.

리제롯테는 생각했다.

신을 의심하는 신앙인은 없다. 성녀 에리카는 종교의 신앙대상이라는 입지를 훌륭히 쌓아 올렸다. 성녀라는 기호를 훌륭히 표현했다.

"그렇습니다. 성녀가 바로 그런 존재이지 않습니까? 우리나라는 에리카 님을 육현신님과 민중을 중개하는 예언자로 보는데 육현신님의 환생이라고 믿는 국민도 많아요. 에리카 님이 용사라면 그렇게 신성시하는 게 당연하겠네요. 용사님은 육현신님의 사도이니까."

안드레이는 자신이 넘쳤다.

성녀를 향한 신앙심이 용사라는 가호로 뒷받침됐다. 에리카가 용사라는 걸 알고 감정이 고양됐다. 아마도 에리카가 더 특별해지지 않았을까?

'성녀 에리카는 용사라서 신성시되는 게 아니야. 신성시되는 존재가 용사니까 더 신성시하게 된다. 그 사람은 앞으로 훨씬 더 신성시될 거야…….'

그 과정을 바로 지금 살짝 엿보았다. 본인이 용사라는 사실을 숨긴 걸 생각하면 성녀 에리카가 계산하지 않고 그랬을 것 같지는 않았다.

장대한 계획이 있는 것일까? 이렇게 자신이 신성시되는 것도 계획대로라면?

'그 사람은 대체 어디까지 계산하고 연기하는 거야?'

리제롯테는 숨을 삼켰다.

성녀 에리카가 무슨 목적으로, 언제부터, 왜, 이런 일을 시작했는지 점점 궁금해졌다.

"……단순한 호기심입니다만, 일격으로 이렇게 됐다고 하셨죠? 대체 뭘 어떻게 하면 이렇게 토대인 절벽째로 성이 무너지죠?"

묻고 싶은 게 많지만, 먼저 묻기 쉬운 것부터 질문하기로 했다.

"석장으로 지면을 내리쳤죠. 그게 다입니다."

안드레이가 자랑스럽게 대답했다.

"석장으로 지면을 내리쳤을, 뿐?"

"네. 정확하게는 에리카 님이 석장으로 지면을 내리치자 지면에 충격이……."

"강한 지진이 일어났다는 겁니까?"

드물지만, 슈트랄 지방에도 지진이 일어났다. 성녀 에리카는 아리아와 싸울 때도 석장으로 지면을 내리쳐 땅을 폭발시켰다. 그래서 에리카의 신장은 대지를 조종하는 힘이 있을 가능성이 있다고 생각했는데 확증을 얻은 느낌이었다. 리제롯테는 냉정한 척하며 대답을 기다렸다.

"충격으로 대지가 흔들렸는데 지진은…… 아닙니다. 정확히 어떻게 표현해야 할지 모르겠지만, 지면이 터져서 폭발 여파가 왔다고 해야 할까요? 충격파가 점점 강해지며 지면이 밀려 올라갔다고 할까, 지면이 무너지고 솟구쳤다고 할까, 절벽째로 성을 집어삼켰습니다. 이야, 지금 생각해도 대단하네요."

안드레이가 말을 골라 설명했다. 성을 집어삼키는 규모의 현상이 일어나면 말로 설명하기 어려우리라.

"……정말, 대단한 광경이었겠군요."

그 결과가 눈앞에 펼쳐져 있었다. 혁명군이 밀어닥쳤다

면 성에 국왕군뿐만 아니라 비전투원도 갇혔을 가능성이 컸다. 그중에는 싸울 생각 없이 그저 일이라는 이유로 성에 남은 사람도 있었을 터였다. 미리 사람을 내보내지 않은 한, 무너진 잔해와 흙더미에는 사체도 섞여 있을 것이다. 리제롯테는 고통스러운 표정으로 파괴의 결과를 바라보았다.

"네, 정말로요."

안드레이는 성녀의 위업을 칭찬하듯 힘차게 고개를 끄덕였다.

"……그런데 성을 통째로 파괴한 건 여러모로 아깝지 않습니까? 건물을 다시 쓸 수도 있고 안에는 재물과 식자재도 있었을 텐데요."

재물과 식자재를 옮겼다면 사람도 미리 대피시켰을 가능성이 크다는 생각에 물었다.

"맞습니다. 저도 예전에는 상인 나부랭이였던지라 동의하는 부분이 많습니다. 다행히 재물은 회수할 수라도 있지만, 성은 악한 왕정의 상징이니까요. 말하자면 부정의 유산. 남길 수 없었습니다."

그래서 파괴했다고 안드레이가 조금 복잡한 표정으로 암시했다.

"악한 왕후 귀족도 함께, 말입니까?"

"……필요한 희생이었죠. 성녀님의 생각에 동의한 왕후 귀족도 있었으나 성에는 끝까지 싸울 자세를 보인 자들만

남았습니다."

"그랬군요……."

리제롯테는 더 캐묻지 않았다. 대신 파괴의 잔해를 힐끗 곁눈질하고 묵념하듯 눈을 감았다.

"우리는 왕후 귀족이라고 다짜고짜 단죄하지 않습니다. 왕후 귀족이라는 것만으로 편견을 가지는 사람도 있지만, 왕후 귀족 중에도 민중을 괴롭히지 않는 올바른 가치관을 가진 사람이 있다는 것도 아니까요. 에리카 님의 생각에 동의하면 손을 내밀 용의가 있습니다. 당신은 어떻죠?"

안드레이가 떠보는 시선을 리제롯테에게 향했다.

"……저도 민중을 부당하게 괴롭히는 것은 싫습니다. 왕후 귀족인 제가 민중보다 인간적으로 위라는 생각도 하지 않습니다. 하지만 저는 여러분이 말하는 착취하는 쪽, 왕후 귀족으로 자랐습니다. 괴롭힘당하며 자란 여러분과는 다르게 받아들이는 부분이 있을지도 모른다는 건 부정할 수 없습니다."

리제롯테는 좋게 보이려고 꾸며내지 않고 자기 생각을 솔직하게 밝혔다.

"성실하고 좋은 대답이에요. 그럴 생각도 없으면서 살려고 겉으로만 동의하는 왕후 귀족을 많이 봐서 압니다. 역시 당신은 듣던 이야기와 똑같은 인물인 것 같군요."

안드레이가 매우 만족스럽게 하얀 이를 보이며 웃었다.

"……영광입니다. 그럼 계속 가르쳐주시겠어요? 이 나

라와 성녀 에리카를. 서로를 알게 돼야 내릴 수 있는 결론도 있을 테니까요."

리제롯테는 꾸벅 인사하고 안드레이를 가만히 마주 보았다.

"말씀하신 대로입니다. 그럼 다른 곳도 안내하고 싶으니 이동하며 이야기할까요? 일반 시민이 사는 구역도 보여드리죠. 자, 이쪽으로 오세요."

안드레이가 제법 신난 목소리로 말하며 다시 안내하기 위해 기분 좋게 걸음을 뗐다.

◇ ◇ ◇

성터에서 시가지로 이동 중.

"우리나라는 의회에 참석하는 의원들이 법을 만들고 일부 정치적인 결정도 내립니다. 행정기관장은 원수이며 국가의 대표를 맡습니다."

"왕정 하에 국왕이 가졌던 입법과 행정 권한을 분산시켰군요."

"그렇습니다."

"의회 의원과 원수는 어떻게 뽑습니까?"

"국민이 선거로 의원과 원수의 선거인을 뽑고, 뽑힌 선거인들이 원수와 의원에게 표를 주는 간접선거를 채택했습니다. 첫 선거는 초대 의회 구성의원으로 혁명군 중심

멤버가, 초대 원수로 성녀님이 뽑혔습니다."

안드레이가 신성 에리카 민주공화국의 통치체제를 설명했다.

"……그런 선거 구조는 누가 생각해냈죠?"

"큰 틀은 에리카 님이요. 솔직히 아직 합의되지 않은 부분이 많아서 제도를 보여주는 기본법을 제정 중입니다."

초대 원수와 초대 의원을 선정하고 체제를 유지하기 위해 에리카가 고안한 초안을 잠정적으로 운용하는 중인 모양이었다.

"그렇군요……."

기본법을 읽어봐야 무슨 말을 할 수 있겠지만, 민주주의를 실현하려는 의욕이 강한 것은 느껴졌다.

"중요한 건 정치 참여 자격을 민중에게 널리 알리는 것과 국가가 민중의 뜻으로 움직인다는 겁니다. 왕정 하에도 왕후 귀족의 뜻으로 국가를 움직였겠지만, 특권계급만의 뜻으로 국가를 움직이면 민중 착취로 이어지죠."

안드레이는 신성 에리카 민주공화국의 기본적인 국가 자세를 역설했다.

"정치에 참여할 수 있는 주체 범위를 확대하면 새로 주체가 된 사람들을 우습게 볼 수 없으니까요. 자기 일처럼 생각하고 판단하면 그 판단 하나하나에 책임을 갖게 됩니다. 왕정 하에 귀족은 적용대상에서 제외하는 식의 특권을 인정하는 법률이 많은 것도 사실이죠."

리제롯테는 일부러 왕정 비판으로 이어질 수도 있는 의견을 입에 담았다. 정치에 참여하지 못하는 사람들의 의견은 들어줄 필요 없고, 자기와 무관한 판단은 대충 내리기 마련이었다.

왕정 하에 정치에 참여하는 사람에게만 유리한 법률을 만들 기반이 있었다는 건 부정할 수 없는 사실이었다. 그 여파가 평민을 향하는 일도…….

"아주 훌륭해요. 성녀님도 우리에게 그렇게 가르쳐주셨습니다. 인간은 평등하다. 그러니까 불평등하게 적용되는 악법을 없애자고."

리제롯테의 말에 기뻤는지 안드레이가 눈을 빛내며 역설했다.

"국가 상층부가 민중의 대표로서 민중의 뜻으로 행동한다는 의식을 갖는 게 좋은 일이라는 생각은 합니다. 민중에게 책임 의식을 갖는 것으로도 이어질 테니."

리제롯테는 신성 에리카 민주공화국의 정치적 자세를 긍정했다. 안드레이의 기분을 좋게 해서 말을 많이 시키려는 의도도 있지만, 정말 실현된다면 이상적이었다. 그러니까 거짓말은 아니었다.

"네, 네. 선택받는 쪽이 그런 의식을 가지는 게 매우 중요합니다. 책임감 없는 지도자에게 나라를 맡길 리 없으니까요."

대화가 즐거운지 안드레이가 잡아먹을 듯이 리제롯테와

거리를 좁혔다.

"네, 네. 그렇죠."

리제롯테가 몸을 빼며 고개를 끄덕였다.

"원래 안내할 생각이었지만, 이렇게 되니 당신에게 빨리 의회를 보여주고 싶군요. 오늘은 오후에 통상회의가 열리는데 기본법을 제정하기 위해 매일 토론이 이어지고 있어요. 우리의 높은 의식을 알릴 좋은 기회가 되겠네요. 아, 기본법 초안도 꼭 봐주세요. 당신의 의견을 듣고 싶어요."

"그거 기대되네요. 관심 있거든요."

리제롯테는 조금 난감해하며 붙임성 좋게 웃었다.

'아예 없는 생각을 말한 건 아니지만…….'

갑자기 성녀에 관해 캐물으면 경계할 것 같아 정보 수집을 위해 이야기를 맞춰준다는 것도 부정할 수 없었다.

안드레이의 반응이 너무 솔직해서 이상하게 뒤가 켕겼다.

'재상 자리에 있기에는 젊다고 생각했지만, 정치적 판단을 내릴 최소한의 경험이 있는 인재가 부족한가?'

안드레이는 솔직하고 인상 좋은 청년이었다. 그러나 솔직한 인물이 국가 재상을 맡으면 위험했다.

남을 잘 믿지 않거나 어느 정도 의심하는 게 국가 재상에 어울린다. 그런 면에서 그는 정치가보다 학자 쪽이 적성에 맞을 듯했다.

"……흥."

생각하던 리제롯테는 대화에 참여하지 않고 호위로 동

행한 나탈리아와 눈이 마주쳤다.

나탈리아는 리제롯테와 기분 좋게 대화하는 안드레이를 보고 마음에 안 든다는 듯이 콧방귀를 뀌었다. 얼굴 괜찮은 귀족 여성에게 홀렸다고 생각하나 보다.

"……그건 그렇고 성녀 에리카에 관해서도 가르쳐주시겠습니까?"

리제롯테가 나탈리아의 시선을 느끼면서도 모르는 척하고 지금 가장 알고 싶은 것을 안드레이에게 물었다.

"네. 어떤 걸 알고 싶으시죠?"

"저는 그 사람이 어떻게 성녀라 불리게 됐는지 모르니 먼저 그 이야기를 듣고 싶네요. 안드레이 씨가 만난 시점에는 이미 성녀였나요?"

에리카가 성녀가 된 과정을 알면 뭔가 보이는 게 있을지도 몰랐다.

"제가 그분을 처음 만났다……기보다는, 처음 봤을 때는 아직 성녀라 불리지 않았습니다. 그 시점에 민중을 구제해야 한다고 생각하신 건 틀림없지만…… 왜 성녀가 되셨는지는 저도 궁금해서 물어본 적이 있습니다."

안드레이는 눈꼬리를 아래로 내리고 그리운 표정을 지었다.

"괜찮다면 말씀해주시겠어요? 그 사람이 성녀가 되려고 한 이유를."

"알겠습니다. 당신이 궁금해하는 게 있으면 가르쳐주라

고 에리카 님이 허락하셨으니까요.”

안드레이가 운을 뗐다.

“원래 에리카 님은 어느 마을에서 약혼자님과 살았다고 하셨습니다.”

그리고 에리카가 성녀가 되려고 한 이유를 이야기하기 시작했다.

“약혼자와?”

리제롯테가 고개를 갸웃거렸다.

‘하지만 분명히…….’

—그래. 그래도 있으면 후회하지 않게 해. 후회한 선배의 조언이야.

아망드 저택에서 좋아하는 사람이 있냐고 물었을 때, 에리카가 리제롯테에게 말했다. 후회했다는 말은, 즉…….

“안타깝게도 돌아가신 모양입니다.”

안드레이가 원통스럽게 고개를 저었다.

‘약혼자가 용사 소환에 휘말렸구나……. 그런데 어떤 이유로 죽었고.’

그래, 그런 거겠지.

“에리카 님은 사정이 있어서 약혼자님과 함께 어느 마을에 흘러 들어갔다고 하셨습니다.”

슈트랄 지방에 전해지는 전설에 의하면 신마전쟁기에 활약한 용사는 여섯 명. 용사들은 떠나면 미래에 성석으로 다시 소환된다고 전해져 내려오며 일부 나라는 성석을 엄중하게 관리했다.

'……용사를 소환하는 성석을 마을에 보관했다고 보기는 어렵지만, 성석 소재지가 전부 파악되지도 않았어. 마을 근처에 아무에게도 들키지 않고 잠들어있었을 거야. 그리고 때가 되자 소환이 이루어진 거고.'

리제롯테는 이렇게 추측했다.

실제로 슈트랄 지방에서 국가가 관리하는 성석은 네 개뿐이었다. 가르아크 성에서 보관하던 성석으로 사츠키가, 벨트람 성에서 보관하던 성석으로 루이가, 레스토라시온이 벨트람 성에서 반출해 보관하던 성석으로 히로아키가, 센트스텔라 성에서 보관하던 성석으로 타카히사가 소환됐다.

나머지 두 개 중 하나는 인가와 떨어진 숲속 샘에 있었고 렌지가 소환됐다. 그리고 마지막 하나는 리제롯테의 추측처럼 어느 시골 마을 근처 산속에 아무도 모르게 잠들어 있었다.

"약혼자님이 돌아가신 이유도 있겠지만, 그 마을에서 있었던 일은 잘 말씀하지 않으십니다. 하지만 약혼자님의 죽음이 에리카 님이 성녀가 되려고 결단한 계기가 됐다고 하셨죠."

"……어쩌다, 돌아가셨죠?"

"마을에 들이닥친 권력자에게서 마을 사람을 지키다가 살해당했다고 하셨습니다."

"……훌륭한 분이셨군요."

"네, 대단히 훌륭한 분이셨다고 해요. 힘들어하는 사람에게 손을 내밀고 자기보다 남을 위해 뭔가 하는 사람이었다고 말씀하셨습니다. 에리카 님은 그분의 죽음으로 그분의 삶의 방식을 이어가기로 했다고 하셨습니다……."

"그렇군요……."

왕후 귀족의 권력이 강하고 평민의 목숨이 가벼운 이 세계에서는 때때로 일어나는 사건이겠지만, 슬픈 이야기였다.

"약혼자님의 죽음을 목격한 에리카 님은 슬퍼하고 분노하고 절망하셨습니다. 왜 사람이 사람 위에 있는지, 왜 날 때부터 평등한 사람이 후천적으로 손에 넣은 신분으로 사람을 상처 주는지, 그런 세상을 만든 권력자들을 몹시 원망하셨습니다. 그리고 계시를 받았다고 하십니다. 세상을 구하라는 계시를."

"……계시?"

갑자기 수상쩍은 말이 나왔다. 계시는 즉, 사람이 신에게 일반적으로는 인식할 수 없는 진리 등을 받는다는 의미가 있는 말이었다.

"조금 전에 성터 앞에서 우리나라는 에리카 님을 예언자로 본다고 말했었죠?"

안드레이가 자랑스럽게 미소 지었다.

"아니, 하지만…… 설마? 계시와 예언이라니, 즉, 성녀 에리카가 육현신님의 신의를 받는다는 말입니까?"

리제롯테가 안드레이를 뚫어지게 쳐다보았다. 꾸며낸

이야기라고 생각했는지 「농담이죠?」라는 시선으로 강력히 물었다.

“놀라는 게 당연합니다. 처음에는 에리카 님을 그렇게 이상한 사람 취급하는 사람도 많았다지요. 멸망한 리바노프 왕국의 왕가도 에리카 님을 끝까지 이단자 취급했습니다.”

안드레이가 리제롯테의 반응을 보고 쓴웃음 지었다.

자신이 육현신의 예언을 받는 성녀라고 공언하며 권력자에게 이를 드러내는 사람이 있다면 이단자 취급하는 게 당연했다.

권력자는 마녀라며 처형하려고 할 터였다. 실제로 그런 식으로 흘러갔을 게 쉽게 상상됐다.

“……성녀 에리카가 육현신님의 예언을 받는다는 증거는 있습니까?”

리제롯테가 어울리지 않게 평정을 잃은 말투로 물었다.

“에리카 님 외에는 육현신님의 예언을 받지 못합니다. 증명할 방법이 없습니다.”

그렇다, 그건 악마의 증명이다.

“……그렇긴, 합니다만.”

증명할 방법이 없으면 믿을 수 없지 않나?

“그리고 예언자라고 해서 항상 육현신님과 의사소통할 수 있는 건 아니니까요. 예언이라고 해도 만능은 아니랍니다.”

“……그럼 왜 예언자라고 믿는 거죠?”

“세 가지 이유가 있습니다. 하나는 에리카 님의 예언이

전부 그대로 이루어졌기 때문입니다. 예를 들자면 성녀님은 리바노프 왕국을 멸망시키고 민중의, 민중을 위한, 민중에 의한 나라를 세운다고 예언했고 실현했습니다."

"……."

그건 그냥 목표를 정하고 실현했을 뿐이지 않나? 리제롯테는 곧장 반론이 생각났지만, 실제로 반박하는 건 참았다. 대신 안드레이가 남은 두 가지 이유를 말하길 기다렸다.

"다른 하나는 에리카 님의 힘이에요. 에리카 님은 예언으로 본디 인간이 다룰 수 없는 신의 힘을 받았다고 말씀하셨습니다. 그리고 그 힘으로 가는 곳마다 기적을 일으켰습니다."

"……예를 들자면 성을 일격에 파괴하는 식의?"

"파괴만이 아닙니다. 마법을 쓰지 않고 중상자를 치유하고, 메마른 땅을 풍요의 대지로 만들고, 지형을 바꿔 강의 흐름을 바꾼 적도 있습니다."

'그건 다 신장으로 일으킨 기적이잖아……. 그러고 보니 예전에 사츠키 씨가 이 세계에 왔을 때, 누가 신장 쓰는 방법을 가르쳐주는 꿈을 꿨다고 했지? 꿈속에서 누군가가 일방적으로 말했다고……. 혹시 그게 예언인가?'

확증은 없지만, 갑자기 떠오른 사츠키의 이야기와 연관 짓는 바람에 설마 그런 거 아니냐는 생각이 솟구쳤다.

"세 번째 이유는 에리카 님의 말씀이라면 무조건 믿는, 그러한 강한 신뢰를 쌓은 것입니다. 물론 힘 때문에 믿는 건 아니에요. 그 힘을 약자 구제에만 써왔기에 얻은 신뢰입니다. 사람들에게 성녀라 불리기 전, 에리카 님은 약혼자님을 잃고 국내에 있는 인가를 순회하셨습니다. 그렇게 가는 곳마다 기적을 일으키고 권력자들에게 괴롭힘당하던 약자들이 저항하도록 무상으로 도우셨습니다. 저도 그 순회 중에 에리카 님을 만났고요."

신앙대상의 말을 의심하는 사람은 없다.

요컨대 신앙대상이 될 정도의 입지를 만든 거 자체가 세 번째 이유였다.

다만, 약혼자가 권력자에게 살해당한 건 그렇다고 쳐도 그 이후부터는 믿을 수 없는 이야기뿐이었다. 용사의 힘만 있으면 자신을 예언자라고 믿게 하는 것도 못 할 거 없지 않나 싶었다.

그렇게 의심하는 자신이 있었다. 다만, 사츠키가 예전에 가르쳐준 꿈 이야기가 괜히 마음에 걸렸다.

'……사츠키 씨가 말한 용사의 힘을 쓰는 방법을 가르쳐줬다는 꿈. 어쩌면 그 꿈에 등장한 누군가가 성녀가 말한 예언에서 신장의 힘을 더 끌어내는 방법도 가르쳐줬다든가? 그렇다면 꿈속에 등장한 누군가가 정말 육현신이라는 건데?'

부정확한 억측에 지나지 않지만, 억측이기에 점점 상상이 커졌다. 리제롯테는 고요한 얼굴로 생각에 골몰했다.

안내받으며 이동하는 중이지만, 그것을 잊어버릴 정도

로 충격적인 정보들이었다.

"어떻습니까? 에리카 님이 예언자라는 걸 믿을 수 있겠어요?"

그러자 안드레이가 지금이라는 듯이 물었다.

"……솔직히, 반신반의합니다."

리제롯테는 말 그대로 솔직한 인상을 대답했다.

"후후. 당신은 정말 성실한 사람이에요. 그리고 뛰어난 교양과 올바른 가치관으로 세상을 신중한 시각으로 볼 수 있죠. 꼭 우리나라에 힘을 빌려주시리라 믿습니다. 자, 시가지에 도착했습니다."

지금까지 대화를 주고받고 반응이 괜찮다고 느꼈는지 안드레이가 뜨거운 시선을 보내며 리제롯테를 코앞에 있는 시가지로 유도했다.

【 막간 】 ❈ 한편, 그 무렵

리오와 아리아가 성녀를 추적하기 시작한 다음 날의 일이다. 장소는 파라디아 왕국, 리오가 어머니의 원수인 루시우스와 결판을 낸 나라.

프로키시아 제국의 사자들이 파라디아 성에 있는 제1 왕자 듀란을 찾아왔다. 지금은 죽은 루시우스의 부하인 알레인, 루치, 벤을 포함한 천상의 사자단 단원 여섯 명이었다.

그러나 듀란이 기다리는 응접실에 들어온 사람은 알레인 뿐. 알레인은 다른 다섯 명을 밖에 대기시키고 홀로 듀란과 대화를 나눴다.

"오랜만이야. 그 단복을 보는 것도 얼마 만인지……."

듀란은 응접실 상석에 듬직하게 앉아 알레인을 맞이했다. 알레인을 본 그의 눈이 커졌다. 알레인은 천상의 사자단 단복을 입고 있었다.

용병이 맡는 일은 전쟁이나 나라가 이름을 걸 수 없는 지저분한 일일 때가 많았다. 전쟁에 참여할 때는 용병단의 공적을 보이기 위해 소속을 알 수 있게 단복을 입는데, 반대로 지저분한 일을 할 때는 소속을 나타내는 단복을 입지 않았다. 알레인은 몇 년 동안 프로키시아 제국에서 지저분한 일만 맡았기 때문에 단복을 입는 건 참으로 오랜만이었다. 뭐, 그건 그렇고—.

"레이스 님의 사자로 왔습니다. 오랜만에 천상의 사자단임을 과시하며 일할 수 있게 돼서요. 오자마자 죄송하지만, 용건을 마쳐도 되겠습니까?"

알레인이 곧바로 이야기를 꺼냈다.

"이해해. 너희 단장의 유품인 마검 말이지? 그런데 레이스와 약속한 검은 가져왔나? 손이 비어 보이는데?"

듀란이 옆에 세워둔 검 두 자루 중 한 자루를 손에 들었다. 하지만 건네지 않고 자루 끝부분으로 바닥을 툭 쳤다.

"네. 밖에 있는 다섯 명에게 맡기고 대기시켰습니다."

"호오?"

"안으로 들여도 되겠습니까?"

"상관없다."

듀란이 턱짓으로 출입구에 서 있는 기사에게 문을 열라고 지시했다. 기사는 말없이 고개를 끄덕이고 문을 열었다.

"실례합니다."

루치와 벤을 포함한 단원 다섯 명이 안으로 들어왔다. 알레인과 똑같은 천상의 사자단 제복을 입은 그들은 각각 검 두 자루를 들고 말석에 앉은 알레인 뒤에 나란히 섰다.

"아주 많이도 들고 왔군. 마검 몇 자루와 맞바꾸기로 한 것 같은데."

합계 열 자루. 몇 자루 정도가 아니었다. 듀란은 눈을 크게 뜨고 알레인 뒤에 서 있는 다섯 명을 힐끗 쳐다보았다.

"신체 강화 및 특수능력이 있는 강한 마검 세 자루. 신체 강화만 가능한 약한 마검 일곱 자루입니다."

"……세 자루나 일곱 자루, 한쪽을 고르라는 건가?"

"아뇨. 열 자루 전부 드리겠습니다."

"흐하하하핫!"

듀란이 유쾌한 웃음을 터뜨렸다.

"뭐가 웃기십니까?"

"웃겨, 통이 커서 수상해. 속셈이 뭐냐?"

마검 하나로 소국의 군사력을 크게 끌어올릴 수 있었다. 소국에 마검 세 자루가 있다면 많을 정도였다.

"약속을 늦게 지킨 사과의 뜻도 포함했습니다. 저희도 요즘 바빠져서요."

"……정말 수상해."

듀란은 예리한 눈으로 맞은편에 있는 사람들의 얼굴을 응시했다. 마검 열 자루는 무슨 일이 벌어지거든 확실하게 도우라는 메시지이기도 했다.

"네, 동맹국 중 하나인 파라디아 왕국의 힘을 키우려는 속셈입니다."

"그런가."

"약한 마검은 우리 단장이 소지한 것과 동급입니다. 뭐, 마검이라기보다는 마검 비슷한 것이죠."

"마검 비슷한 것? 마치 마검을 본떠 제조한 물건처럼 말하는군. 신체 강화만 가능하다고 했지……."

"네, 몇백 자루씩 양산할 수 있는 물건은 아니지만요. 우리끼리 하는 이야기입니다만, 일곱 자루는 제국이 제조한 물건입니다."

여담이지만, 루시우스의 마검을 늦게 찾으러 온 데는 마검 개수를 맞추는 데 시간이 걸린 것도 한몫했다.

"……호오?"

듀란의 눈이 번뜩였다.

신체 능력 강화 마술보다 상위인 신체 강화 마술 효과가 있는 마검은 고대 마도구급. 슈트랄 지방의 현대 마술로는 재현할 수 없는 물건이라는 것이 정설이었다.

신체 능력 강화 마술밖에 못 쓰는 기사가 평범한 검을, 다른 기사가 신체 강화 마술 효과가 있는 마검을 들고 싸우면 신체 강화 마술 효과가 있는 마검을 가진 쪽이 압도적으로 우세했다.

신체 능력 강화 마술로는 육체의 한계를 초월할 수 없는 반면, 신체 강화 마술은 육체의 한계를 초월해 운동 능력을 끌어올릴 수 있기 때문이었다.

만약 신체 강화 마술 효과가 있는 마검을 장비한 부대를 소규모라도 일단 편성하기만 하면 전장에서 상당한 돌파력을 갖게 되리라.

"뭐, 고대 마도구 마검에 비하면 신체 강화 마술 효과가 약간 떨어지지만요. 그래도 예를 들어 당신 부하가 장비하면 혼자서 주변 나라의 기사 몇 명을 한 번에 압도할 수 있을 겁니다."

"제국은 무서운 나라군."

"제국보다는 레이스 님이죠. 무서운 건."

"정체를 알 수 없는 남자야."

듀란은 기분 나쁘다는 듯이 미간을 찌푸렸다.

"뭐, 이제 제국의 의도는 알 바 아닙니다. 돌려주시겠습니까? 우리 단장의 유품."

알레인과 뒤에 서 있는 용병들이 듀란의 손에 있는 루시우스의 검을 힐끗 쳐다보았다. 단장의 유품에 집착하는 게 엿보였다.

"뭐, 거절할 이유가 없지. 마검은 사용자를 선택한다던데 이 녀석은 훨씬 호불호가 강해. 나와 부하 중 아무도 다루지 못했다. 그림의 떡이야. 가져가라. 교환하겠다."

듀란은 똑같은 보물이라면 쓸 수 있는 걸 원한다는 듯이 루시우스가 썼던 마검을 앞에 있는 테이블에 놓았다.

"루치."

알레인이 뒤에 있는 덩치 큰 남자, 루치를 보고 가져오라고 지시했다.

"응."

루치는 곧바로 움직여 테이블에 놓인 루시우스의 검을 들었다. 단원들의 시선도 루치의 손으로 옮겨갔다.

"너희 모두 살기가 대단하군."

듀란은 어깨를 으쓱했다. 살기가 자신을 향하지 않는 것을 알기에 비난하지 않았다. 듀란은 알았다. 용병들이 이제부터 전장으로 향하는 남자의 얼굴을 했음을.

"다른 이야기지만, 너희들 나를 따르지 않겠나? 대우는 나쁘지 않게 하지."

천성인지 듀란이 알레인 일행에게 권유했다.

"모처럼 권유해주셨지만, 해야 하는 일이 있어서요."

예상대로 거절당했다.

"……루시우스의 복수전이라도 할 셈인가?"

"네."

"정말 목숨 아까운 줄 모르는군. 만약 여기 있는 모든 마검을 부하들에게 들려주더라도 나는 그 남자와 싸우는 건 사양하겠어."

말리지 않았다. 다만, 루시우스와 싸우는 리오가 생각났는지 듀란이 그들을 가엽게 바라보았다.

"뭐, 이번 타깃은 그놈 본인이 아닌지라……. 정정당당하게 용병 나름대로 보복할 겁니다."

알레인은 이곳에 없는 누군가를 떠올리는지 굶주린 짐승처럼 허공을 노려보았다.

한편, 가르아크 왕성.

리오와 아리아가 성녀를 추적하러 떠난 5일 후의 일이다.

"그럼 다녀올게."

"조심히 다녀와."

오피아는 성 대지 안에 있는 리오의 저택 현관에서 미하루, 세리아, 라티파, 사라, 아르마, 사츠키, 샤를로트와 작별 인사를 나눴다.

정령의 주민의 마을에서 대기 중인 고우키 일행에게 상황을 보고하기 위해서였다. 마을을 떠나며 3주 이내에 돌아오겠다고 한지라 기한이 며칠 넘어가면 걱정할 우려가 있었다.

오피아는 샤를로트가 마련한 송영 마차를 타고 왕도 정문으로 이동한 다음, 거기서부터는 마차에서 내려 홀로 이동했다.

'자, 일단 왕도 근처에서 전이할만한 곳을 찾아야…….'

당장 전이결정을 사용해서 마을로 돌아가지 않는 건 할 일이 있기 때문이었다. 이대로 가면 슈트랄 지방으로 2주 정도 비행해서 돌아와야 했다. 그래서는 고우키 일행을 슈트랄 지방으로 데려오기 힘들었다.

그래서 마을로 돌아간 다음 이번에는 고우키 일행을 데리고 슈트랄 지방으로 전이하기 위해 가르아크 왕도 근교에 전이진을 설치해야 했다. 되도록 눈에 띄지 않고 자연 발생하는 마력이 풍부한 땅이 바람직했다.

그런 곳을 찾고 진을 설치하는 건 가르아크 성에 있는 멤버 중 전이마술에 이해가 깊고 오드, 마나와 친화성이 높은 하이엘프 오피아만 할 수 있는 일이었다.

'일단 왕도 주변을 빙 둘러보자.'

오피아는 "좋아" 하며 귀엽게 주먹을 쥐고 기합을 넣었다. 그리고 우선 인기척 없는 곳으로 이동하기 위해 신체를 강화하고 달렸다.

【 제 4 장 】 ❈ 성녀의 귀환

리제롯테가 신성 에리카 민주공화국으로 이송되고 2주 가까이 지났다. 저택 밖으로 나간 날부터 다시 감금 상태가 지속됐지만, 안드레이가 동행하면 외출할 수 있게 됐다.

그러나 리제롯테가 외출해서 여러 곳을 견학한 건 처음 며칠뿐이었다. 이후로는 리제롯테가 외출하는 게 아니라 안드레이가 열심히 리제롯테를 찾아와 눌러앉았다.

이게 대체 어떻게 된 일이냐면 수도 에리카부르크가 그렇게 큰 도시가 아니라 더 볼 곳이 없기도 했지만, 처지가 완전히 역전됐기 때문이었다.

처음에는 안드레이가 리제롯테에게 신성 에리카 민주공화국의 좋은 점을 가르쳐준다는 명목이었으나 도중부터 안드레이가 리제롯테에게 배우는 게 더 많아졌다.

리제롯테는 전생의 교양을 기억하는데다가, 어린 시절부터 이 세계에서 왕후 귀족의 교육을 받았고, 몇 년에 걸쳐 상회 경영자와 도시 대관을 역임한 게 허명은 아니었다.

작은 상점 주인이었고 이제 막 재상이 된 안드레이가 리제롯테에게 가르쳐줄 것은 많지 않았다.

혁명 중에 성녀 에리카에게 이것저것 배웠지만, 위정자에게 필요한 경험도 교양도 리제롯테가 훨씬 풍부하다고 판명되는 데는 시간이 그리 오래 걸리지 않았다.

안드레이가 국가의 자세에 관해 이것저것 묻기에 정보 수집 겸 이야기를 나누던 중, 말이 통하지 않은 적이 있었다. 그때부터 안드레이가 지적 호기심으로 질문하는 일이 많아졌다.

"아하, 민중과 민중의 권리 충돌……. 민중 한 명, 한 명의 권리 의식이 강해지며 충돌도 거세진다……. 아주 흥미로운 고찰이에요. 그런데 이것과 법 정비 문제가 어떻게 연결되죠?"

지금도 안드레이는 리제롯테에게 조언을 구하는 중이었다.

"민중 간에 권리를 주장하며 충돌하는 사태가 곳곳에서 일어나면 나라가 혼란스럽겠죠? 문제가 늘면 치안이 나빠질 우려도 있습니다."

"네."

"그건 민중도 곤란할 테죠. 그래서 국가가 그런 문제를 해결할 힘을 위임받아 행사해야 합니다."

"……그렇죠."

"실제로 문제가 일어났을 때 움직이는 것도 현장 사람이나 재판하는 사람입니다. 이것도 이해했죠?"

"네."

"하지만 문제가 발생하지 않는 게 가장 좋죠. 그러기 위해 국가가 할 수 있는 일이……."

"우리 의회가 하는 법 정비군요."

"네. 민중 간의 권리 충돌은 특히 민중과 관련된 규칙을 만들 때 아주 중요한 하나의 시각이 됩니다. 구체적으로 그 시각을 가짐으로써 어떤 때에 민중의 권리가 충돌하고 어떤 사태가 벌어지는지, 어떤 판단을 내리는 게 정당한지 상정할 수 있습니다."

문제를 지켜보고 당사자끼리 해결하게 두는 게 나은 사례가 있고 문제를 탐지하자마자 국가가 권력을 행사해 강제로 해결을 노리는 게 나은 사례도 있었다. 국가가 그런 사태를 상정하고 대비하는 것이 법률의 역할이었다. 만약 법률로 상정하지 못한 사태가 발생하면 신속한 입법이 요구된다.

"그야말로, 말씀하신 대로입니다. 그래요, 그런 시각으로 보니 확실히 법 정비 문제로 연결되네요."

바로 이해했는지 안드레이가 감탄의 한숨을 흘렸다.

"동시에 국가가 각종 법 정비를 서둘러야 하는 이유이기도 합니다. 이 나라는 혁명 직후에 민중의 권리 의식이 급속히 높아졌으니 민중 간의 권리 충돌이 빠르게 늘어날 거예요. 그리고 대응할 법이 정비되지 않으면 어떻게 되는지는, 이미 말씀드렸죠."

"거참, 찔리네요. 기본법 제정에 애를 먹어서 살인이나 강도나 절도 등 중대한 규정만 갖춘 게 실정입니다. 기본법은 국가의 최고법이니 그게 없으면 하위법인 법률을 제정할 수 없다고 에리카 님도 말씀하셨는지라……."

안드레이가 여기서 말하는 기본법은 현대 지구에서도

많은 나라가 규정한 헌법과 유사하다고 보면 된다.

민중의 권리에 무게를 둔 신성 에리카 민주공화국에 있어서 기본법은 국가가 민중을 위해 존재함을 나타내는 매우 실질적이고 중요한 의미가 담기기 때문에 의원들이 열심히 만드는 중이었다.

"그게 맞습니다. 기본법 논의에 무게를 두는 건 당연하죠. 하지만 각종 법 정비를 병행해야 합니다. 문제 되는 규정이 있다면 기본법을 정한 뒤에 개정하면 되니까요."

국가가 어떻게 권력을 행사해야 하는지, 민중을 위해 국가가 존재하고 민중의 권리와 자유를 보장하며 침해하지 않는다는 이상을 추상적으로 정하는 것이 기본법이며 이것이 국가가 우선하는 최고법임은 분명했다.

그러나 기본법의 이상을 구체적으로 실현하는 각종 세부적인 법 정비가 뒤로 밀린 결과, 민중의 삶이 나빠지면 본말전도였다. 기본법만 우선해 법 정비를 뒤로 미뤄서는 안 됐다. 기본법도 각종 법도 민중의 삶을 윤택하게 한다는 공통 목적을 위해 존재하니까.

"확실히…… 중요한 건 규칙을 정하는 게 민중인 우리라는 거니까요. 국가가 민중의 관리하에 권력을 행사한다는 것만 담보되면 기본법보다 법 정비를 먼저 할 수도 있겠어요."

"그렇게 생각합니다. 법이 정비되지 않으면 명확한 법적 근거도 없이 현장 사람이나 재판하는 사람이 일하게 되니까요. 국가의 권력 행사를 민중이 관리한다는 이상을 실현하기 이전의 문제입니다. 지금은 무슨 일을 할 때마다 의회에서 의결하는 모양이던데……."

그런 식으로는 국가가 매일 발생하는 온갖 문제에 대처할 수 없었다.

"알겠습니다. 의회에 진언해보겠습니다. 하지만 왕후 귀족이 만든 각종 법은 신뢰가 부족해서 의회에서 조사하고 입법해야 한다는 목소리도 커서……. 신속하게 각종 법을 정비하려면…… 으음, 무슨 좋은 방법 없을까요?"

"……왕정 하의 법전이라서 꺼려질 수도 있지만, 그래도 원안이 되는 게 왕정 하의 법이라고 생각합니다. 민중의 경제활동이 활발하다고 상정하고 만든 법은 아니지만, 배울 게 많을 거예요. 왕후 귀족의 이익이 얽히지 않은 조문 중에는 합리적인 규정도 많습니다. 귀족 특례를 인정하는 규정을 제외하고 구 왕정 하의 법전은 혁명 후에도 참고할 수 있습니다."

무엇이 귀족에게 유리한 규정이고 무엇이 그렇지 않은지 이해하고 편찬해야 하는데, 아무것도 없는 상태에서 법전을 만드는 것보다는 쉬울 터였다.

"흐음. 국가가 관리하던 서적 대부분은 파괴된 성에 있어요. 귀족 저택에서 회수한 서적도 있지만, 수가 적습니다."

"소국의 법은 대국의 법전을 그대로 가져와서 썼을 테니 이웃 나라에 부탁해서 법전을 필사하는 방법도 있습니다만……."

"……지금 우리나라는 다른 나라와 국교가 없어서요."

안드레이의 표정이 시무룩해졌다. 이웃 나라에 부탁하고 싶어도 인근에는 프로키시아 제국의 속국뿐이었다. 제국의 눈 밖에 날까 두려워 협력을 요청해도 승낙할 리 없었다.

"그러면 법학자나 구 왕정 하의 법에 자세한 관리나 상인에게 법전 필사본이 있는 물어보는 것도 괜찮겠네요. 그래도 없으면 기억에 의지해서 만드는 수밖에 없지만요……. 법학자라고 해도 전문 분야 이외에는 이해가 깊지 않을 테니 되도록 분야별로."

법률 조문 하나, 하나는 어떤 사태가 일어날지 상정하고 만든다. 의미를 이해하지 못하고 법전을 만들 수 있을 리 없었다. 만들려면 법을 숙지한 학자나 법을 운용하던 관리의 협력이 필수였다. 다음 안으로는 광범위하게 장사해서 적용받는 법 종류가 많은 거상도 있었다.

그러나 왕정 하의 관리나 학자는 왕후 귀족뿐이었다. 광범위하게 장사하는 거상도 이렇게 작은 나라에 있을 턱이 없었다.

'혁명 전에도 각 분야에 정진하는 법학자가 여러 명 있었을 것 같지 않아. 혁명으로 왕후 귀족이 숙청된 지금은…….'

필요한 인재를 모으기 힘들었다. 이 나라는 심각한 인재 부족이라는 문제를 안고 있었다. 리제롯테는 그렇게 생각했다.

"……."

안드레이도 인재 쪽으로 아는 게 없는 모양이었다.

시무룩한 얼굴로 입을 꾹 다물고 생각에 잠겼다.

'법 정비만 문제가 아니겠지.'

신성 에리카 민주공화국을 고작 며칠 돌아봤지만, 리제롯테 나름대로 알게 된 게 여럿 있었다.

민중인 자신들이 왕후 귀족에게 승리했다는 자부심. 민중인 자신들이 국가의 주역이라는 충실감. 만난 적도 없는 왕후 귀족이 아니라 함께 싸운 익숙한 민중이 대표로 국가를 움직인다는 안심과 신뢰감.

도시에 사는 민중에게는 그런 요소로 뒷받침된 활기가 있었다. 국가 상층부도 이상을 추구하려는 열의로 가득 찼다.

'이 나라는 모든 게 부족해.'

지식이 없었다. 기술이 없었다. 경험이 없었다. 자원이 없었다. 농업 이외의 산업이 존재하지 않았다. 그래서 국가 체재를 정비하는 데 필요한 조직과 제도 등을 충분히 세우지도 못했다. 그 폐해가 앞으로 법 정비에 현저히 나타날 것이다.

애초에 의회 소속 의원 중에 정치에 빠삭한 인간이 없었다. 전 왕후 귀족은 한 명도 없었다. 예를 들어 농민이었거나 목수였거나 구두 장인이었거나 대장장이였거나 상인이었던 등 모든 의원이 정치에 관여한 적 없는 평민이었다.

국민 중 폭넓게 인재가 모이긴 했지만, 그렇다고 정치적 판단을 내린 적 없는 사람들로만 의회를 꾸린 건 너무 위험해 보였다. 아마 국제 정세도 전혀 이해하지 못할 것이다.

실제로 의회가 제대로 법을 제정하지 못해 행정이 기능하지 못할 위기에 빠질 상태였다. 원래는 의회가 개별 입법으로 행정 권한을 구체적으로 정해야 하는데 그것을 뒤로 미룬 탓이었다.

그 때문에 권한 소재가 명확하지 않았다. 지금은 리제롯테의 말처럼 무슨 일을 할 때마다 의회가 의결하는 모양이지만, 그런 방식으로는 국가가 온갖 문제에 대처할 수 없었다.

기껏 입법부인 의회를 만들고, 행정권의 대표인 원수를 세우고, 권력 행사를 민주적으로 컨트롤할 수 있는 통치제도를 세웠는데…….

'제도에 휘둘리고 있어. 의회를 견학해봤는데 논의가 재미있는지 의원들이 논의 자체에 취한 것 같았어…….'

그렇다. 제도가 운용되지 않았다.

특히 입법권 행사 주체인 의회제도는 민주주의의 근간이었다. 국왕이 좌지우지하던 입법권과 행정권을 분립한 것은 행정권 행사를 의회에서 민주적으로 컨트롤하기 위해서였다.

의회가 행정기관을 민주적으로 컨트롤하지 못하면 극단적으로 말해서 행정기관이 이전의 왕정처럼 권력을 휘두르는 것도 가능했다.

'이런 과제가 해결되지 않으면 이 나라는 머지않은 미래에 공중분해가 될 거야…….'

솔직히 말해서 신성 에리카 민주공화국이 국가로 성립하는 것은 나라가 작고 활동 규모도 작아 아무런 이득이 없어 아무도 노리지 않기 때문이었다.

그래서 간신히 국가로 존속했다. 그냥 운이 좋았다. 만약 지금 다른 나라가 침공하면 신성 에리카 민주공화국은 승리하지 못하리라. 그보다 어떻게 혁명이 성공했는지도 모르겠다.

단, 이것은 성녀 에리카를 제외한 평가였다. 신성 에리카 민주공화국은 성녀 에리카의 유무로 군사력이 크게 달라진다고 리제롯테는 분석했다. 이 나라의 성을 파괴한 대지에는 그만한 임팩트가 있었다.

성녀 에리카가 민중의 사기에 끼친 영향도 절대적이었다. 성녀 에리카가 있기에 혁명이 일어났고 성공했다.

그러나 좋든 나쁘든 성녀 에리카는 이 나라에 너무 큰 영향을 끼쳤다. 실제로 민중이 혁명을 위해 일어났지만, 그래도 혁명을 성공시킨 건 성녀 에리카 한 사람의 힘이었다.

신장의 힘이 있었기에 혁명이 성공했고 극적인 속도로 건국에 이르렀다.

'이 나라가 떠안은 폐해는 혁명에 이르기까지 필요한 과정이 생략됐다는 것에도 기인하지 않았을까? 성공 체험이 이어져서 민중의 자신감으로 이어졌겠지만…….'

에리카는 혁명을 일으키기 위해 각지를 여행하며 영지를 다스리는 귀족들과 민중 앞에서 설법을 펼쳤다.

그리고 민중을 착취하는 악한 권력자라는 이미지를 심고 벌했다. 각지의 민중이 들고 일어섰다. 지구의 역사로 10년, 1백 년에 걸쳐 유복한 지식인들이 공유하고 공감한 권리 의식을 에리카가 민중에게 선명한 사실로 심었다.

'민주주의 시스템을 일단 세울 만큼 세우고 국가를 대표하는 초대 원수로 취임한 직후 당사자인 성녀가 여행을 떠나다니, 무슨 생각이지? 왕후 귀족과 닥치는 대로 전쟁하고 싶은 거로밖에 안 보여.'

리제롯테를 납치하면 가르아크 왕국과 심각한 국제 문제가 생기리라고 쉽게 예상했을 것이다. 그런데 그런 문제 행동을 일으켰다.

설마 슈트랄 지방의 모든 왕국과 제국을 적으로 만들지는 않겠지만, 너무 분별없어 보였다. 닥치는 대로 전쟁을 일으키면 구해야 하는 약자 중 대량의 사망자가 생긴다는 것도 알 터였다.

그럴 텐데—.

'모르겠어. 성녀 에리카…… 그 사람은 정말 약자 구제를 원하는 거야? 민중의, 민중을 위한, 민중에 의한 나라를 만드는 게 약자 구제라고 했잖아…….'

성녀 에리카는 위험한 인물 같았다. 아니, 위험인물이 맞지만, 목적을 달성하려는 수단이 치명적으로 잘못된 느낌이었다.

'그런가 하면 자리를 비운 사이에 나와 이 사람들의 접촉을 허락해서 나에게 허술한 국가 상황을 보여주게 하지를 않나…….'

심각한 얼굴로 생각하던 리제롯테가 문득 앞을 보니 안드레이가 뜨거운 시선을 던지고 있었다.

"……왜 그러시죠?"

"아뇨. 에리카 님이 당신을 우리나라로 데려온 이유를 다시금 알게 돼서요. 역시 에리카 님은 우리나라에 무엇이 필요한지 잘 아십니다. 그래요. 우리나라에는 당신 같은 인재가 필요합니다."

"네, 네. 그런가요……."

리제롯테가 겸연쩍게 맞장구쳤다.

"리제롯테 씨, 당신이 필요합니다."

갑자기 안드레이가 구애하듯이 말했다.

"그 이야기라면 계속 거절했습니다."

리제롯테가 한숨 쉬며 고개를 저었다. 그렇다. 이 대화는 안드레이가 리제롯테의 방에 찾아오게 된 뒤로 이미 몇 번이나 반복되고 있었다.

"하지만 당신이 필요합니다!"

안드레이는 물러나지 않았다. 힘차게 호소했다.

"거절합니다."

이대로 두면 집요해지는 걸 알기에 리제롯테는 부드러

운 목소리로 딱 잘라 말했다.

안드레이는 잘 폭주해서 좋게 말하면 못 알아듣는 타입임은 이미 파악했다.

"안드레이 님, 또 사랑 고백처럼 됐는데요."

호위로 동석한 소녀, 나탈리아가 또 시작이라는 듯이 히죽히죽 웃으며 지적했다.

어려운 이야기는 좋아하지 않는지 조금 전까지 방구석에 있는 의자에 앉아 따분해하다가 이야기 흐름이 바뀌자 대화에 끼었다.

"아, 아닙니다! 그런 게 아니라……."

안드레이가 뺨을 붉히며 어리숙한 청년처럼 반응했다.

"아, 그러시구나."

나탈리아는 짓궂은 미소를 거두지 않았다.

"뭐, 뭡니까? 나탈리아. 그 눈은?"

"제가 뭘요? 그러고 보니 어제부터 소문이 돌던데요. 고지식하고 에리카 님에게 심취한 안드레이 님이 젊고 귀여운 미혼 여성과 매일 같이 있는다고. 안드레이 님에게도 봄이 왔다고요."

"저, 저는, 딱히! 순수하게, 리제롯테 씨가 우리나라에 협력해주길 바랄 뿐입니다!"

안드레이가 당황해서 반박했다.

"어라? 저는 같이 있는 사람이 리제롯테라고 한 적 없는데요? 그보다 저도 매일 호위로 같이 있는데요?"

나탈리아가 한 수 위였다.

"나, 나탈리아……! 죄, 죄송합니다, 리제롯테 씨."

"아하하, 아니에요……."

리제롯테는 붙임성 좋게 웃었다.

안드레이는 나쁜 인물이 아니었다. 성녀 에리카를 과하게 믿고 그 믿음을 지나치게 관철하는 경향은 있지만, 그것만 제외하면 심성은 뭐, 양심적이었다.

지금은 아직 위정자로서의 경험이 부족하기는 하지만, 배우려는 의욕이 강하고 흡수도 빨랐다.

그러나 리제롯테는 어디까지나 납치돼 신성 에리카 민주공화국에 끌려온 사실을 잊지 않았다. 이 나라 상층부와 민중이 나쁜 사람이 아니라고 해서 신성 에리카 민주공화국에 협력할 생각은 추호도 없었다.

리제롯테는 가르아크 왕국의 귀족으로서 신성 에리카 민주공화국의 정보를 수집할 책임이 있었다. 그래서 어느 정도는 상대방에게 마음을 연 척하고 유익한 이야기로 신뢰를 얻는 게 바람직했다. 그리고 유익한 조언도 조금씩 했다. 인재가 압도적으로 부족해서 다소의 조언은 언 발에 오줌 누기나 다름없지만…….

실제로 요 며칠 사이에 제법 두 사람의 신뢰를 얻었다. 예를 들어 안드레이의 호위로 매일 동석하는 나탈리아는 원래 모험가였다. 매일 대화를 들으면서 리제롯테에게 마음을 조금 열었는지 안드레이가 폭주하면 보다 못해 제지했다. 나이는 열아홉 살로 첫인상은 무뚝뚝하고 리제롯테를 귀족이라고 적시하는 인상이었지만, 의외로 상냥하다는 걸 알게 됐다.

'너무 깊이 파고들면 안 돼. 이 사람들은 적국이 될지도 모르는 상대. 너무 친해지는 것도 안 돼.'

마음속으로 선을 그으면서도 상대방의 신뢰를 얻는 건 리제롯테가 귀족 아가씨로, 상인으로 행동할 때는 당연한 일이었다. 상대방도 알고서 리제롯테와 거리를 줄이려고 했다.

그런데도 속이는 것 같아 마음이 불편한 건 앞으로 신성 에리카 민주공화국에 다가올 미래에 파란을 느꼈기 때문일까……?

앞으로 신성 에리카 민주공화국에 표면화될 문제를 지적해도 해결은 어렵다고 생각하기 때문일까?

아니면 이 두 사람에 관해 너무 많이 알게 됐기 때문일까? 리제롯테가 귀족으로서, 상인으로서 대하기에 이 두 사람은 너무 순진했다.

다른 상황에 만났더라면 하루토와 미하루처럼 친해졌을지도 모르겠다고 의식해버렸기 때문일까?

'……나처럼 전생자인 하루토 씨의 눈에는 이 나라가 어떻게 보일까?'

리제롯테는 갑자기 그런 의문이 들었다. 자신의 시각이 절대적으로 옳다고 생각하지 않았다. 자신이 이 나라에 가진 인상이 빗나갔을 가능성이 있다는 것도 알았다.
그래서 민주주의가 뿌리내린 세계에서 자란 기억이 있으면서도 이 세계에서 태어난 리오가 어떻게 볼지 궁금했다.
'……하루토 님, 이라.'
리제롯테는 리오를 떠올리고 무슨 생각이 났는지 씁쓸하다고 할까, 불안하다고 할까, 참으로 복잡한 표정을 지었다.
아무튼 리제롯테가 조금 복잡한 마음으로 놀리는 나탈리아와 놀림당하는 안드레이를 바라보고 있을 때.
"이, 이제, 그만 하세요, 나탈리아. 리제롯테 씨는 귀족 아가씨니까 저보다 잘 어울리는 약혼자가 있을 겁니다."
안드레이가 창피한 상황을 벗어나고 싶은지 갑자기 그런 말을 했다. 창피한 상황을 벗어나고 싶다고는 하지만, 참 예민한 화제를 꺼냈다.
만약 약혼자가 있다고 대답하면 납치한 쪽인 안드레이와 나탈리아는 더없이 불편할 터였다.
"뭐, 그럴, 수도 있겠네요……. 있어?"
나탈리아가 조심스럽게 물었다.
"아뇨, 약혼자는 없습니다."
리제롯테가 웃으며 고개를 저었다.
"흐음. 그럼 좋아하는 사람은?"
없다는 말이 당장 나오지 않았다.
한 사람, 제일 먼저 떠오른 사람이 있었다.

다만, 좋아하는지 아닌지 확신이 없었다.

'아, 보아하니 있네.'

나탈리아는 여자의 직감을 느꼈다.

"……에헴. 그나저나 민중의, 민중을 위한, 민중에 의한 나라를 만드는 건 참 어렵네요. 그렇죠? 리제롯테 씨."

남녀 간의 연애 이야기를 즐기기에는 아직 이른지 안드레이가 쑥스럽게 헛기침하고 화제를 바꿨다.

"……그럴 만도 합니다. 왕후 귀족이 권력을 잘못 썼다면 그 권력을 어떻게 쓰는 게 올바른지, 새로 위정자가 된 여러분이 민중에게 보여야 하니까요."

지금 이곳에 없는 누군가를 상상했는지 리제롯테가 조금 쓸쓸한 미소를 지으며 대답했다.

"정말 책임이 막중합니다. 어서 에리카 님이 돌아오셨으면 좋겠네요. 예정대로라면 돌아오실 때가 됐는데……."

국가를 짊어진 중압감을 느꼈는지 안드레이가 쓴웃음 지었다. 다음 날, 에리카가 돌아왔다.

다음 날 정오 무렵.

신성 에리카 민주공화국에 초대 원수 에리카가 귀국했다.

"아, 오랜만입니다, 에리카 님! 정말, 정말 뵙고 싶었어요. 무사하셔서 정말 다행……."

재상 안드레이의 직장은 에리카와 같은 원수관저였다. 에리카가 돌아왔다는 이야기를 듣고 제일 먼저 에리카의 집무실을 찾아왔다. 사무 의자에 앉은 에리카의 귀환을 진심으로 기뻐했다.

“지금 막 돌아왔어요. 잘 지낸 거 같아 다행입니다, 안드레이. 저도 다시 만나서 반가워요. 제가 자리 비운 사이에 별다른 일은 없었죠?”

에리카가 맑은 미소를 지으며 안드레이와 재회를 기뻐하며 근황 보고를 요구했다.

“네, 큰 문제는 없었습니다. 도시 부흥 작업이 이어지고 있고 민중의 사기도 높습니다. 의회도 국가와 민중에게 좋은 미래를 만들기 위해 활발하게 논의 중이에요.”

“어머, 다행이에요. 역시 안드레이로군요.”

에리카가 안드레이를 칭찬했다.

“아, 아닙니다. 에리카 님이 나라를 비우신 사이에 문제가 생기면 안 된다고 모두 정신 바짝 차린 덕분입니다. 저 때문이 아니에요.”

“정신 바짝 차린 건 당신도 마찬가지잖아요. 당신이 방에 들어왔을 때 참 표정 좋다고 생각했어요.”

“그, 그러셨나요? 과분한 말씀입니다.”

안드레이가 수줍어하며 깊이 머리를 숙여 황송해했다.

“이제 와서 말하지만, 제가 나라를 비운 건 재상인 당신과 의회가 경험을 쌓길 바랐기 때문이에요. 물론 여러분이라면 문제없을 줄 알았지만, 그 말을 들으니 정말 기쁘네요."
"그런 생각이셨을 줄은……."
"후후."
감격한 안드레이를 보며 에리카가 생긋 웃었다.
"차, 참. 리제롯테 씨에게 변화가 있었습니다. 정말 훌륭한 사람이에요. 역시 에리카 님이 기대하실만합니다."
안드레이가 쑥스러워하며 상기된 목소리로 리제롯테 이야기를 꺼냈다.
"그렇죠? 그 사람은 아주 총명하고 우수해요. 대귀족의 딸이면서 민중을 생각하며 통치하죠."
"네, 높은 식견에 많이 놀랐습니다. 제가 배울 게 많을 정도로요."
"지금 신성 에리카 민주공화국에 필요한 건 그 사람 같은 우수한 인재입니다."
"네. 리제롯테 씨와 대화하며 우리나라에 인재가 얼마나 부족한지 통감했습니다. 그러니까 그 사람을 우리 국민으로 만들어야 한다는 말씀이시죠?"
"안드레이……."
에리카는 부정도 긍정도 하지 않고 감격한 듯 감정을 담아 안드레이의 이름을 불렀다.
"반응이 있습니다. 그 사람은 분명히 우리 생각에 동의할 겁니다."
"……제가 이 나라로 억지로 끌고 온 건 어떻게 생각하던가요?"

"나탈리아를 통해 지시하신 대로 수도를 안내하기 전에 사소한 오해가 있다는 것과 자세한 이야기는 에리카 님이 돌아오시면 하라고 전달했습니다. 그 후로 리제롯테 씨가 그 이야기를 꺼낸 적은 없지만…… 그, 안타깝게도 좋게 생각하는 것 같지는 않습니다."

말하는 안드레이의 얼굴이 조금 어두워졌다. 리제롯테의 방에 드나들며 그 사람의 됨됨이를 알게 됐다. 고위 귀족으로 자랐으면서 평민 출신인 자신들을 대등하게 대하는 인격자라고.

그런 리제롯테가 분노하는 걸 보면 어쩌면 리제롯테에게도 정당성이 있지 않을까? 에리카에게 신앙심이라고도 할 수 있는 신뢰를 느껴서 지시를 따르긴 했지만, 안드레이가 리제롯테의 의견에 귀를 기울여야 하지 않냐는 생각을 할 만도 했다.

"그렇군요……. 당신에게 너무 힘든 역할을 맡겼네요, 안드레이. 미안해요."

에리카는 안드레이의 표정에서 낌새를 알아차리고 괴로운 미소를 지으며 사과했다.

"아, 아닙니다. 재상인 제 역할은 에리카 님을 보좌하는 거니까요. 그리고 위정자에게는 이런 일도 요구된다는 것을 압니다."

안드레이가 황송해하며 고개를 저었다.

"당신은 정말 고지식해요. 하지만 그래서 속에만 쌓아두지 않을까 불안하기도 하네요."

"과분한 말씀이십니다."

"……."

에리카는 황송해하는 안드레이의 얼굴을 자애로운 눈으로 바라보다가 갑자기 자리에서 일어났다. 그리고 안드레이에게 다가가 부드러운 손길로 그의 뺨을 만졌다.

"……! 에, 에리카 님?"

안드레이는 놀라서 얼어붙었다.

"무슨 일 있으면 제게 다 말하세요."

"네, 네! 감사하기 그지없습니다!"

에리카가 코앞에서 후훗, 미소 짓자 안드레이가 힘차게 고개를 끄덕였다.

"그럼 저는 리제롯테 씨와 대화를 해봐야겠어요. 안드레이, 지금부터 출석할 수 있는 의원을 소집해주세요. 그리고 준비되는 대로 리제롯테 씨를 회의실로 데려오세요."

"네, 알겠습니다."

안드레이는 흔쾌히 승낙하고 잔뜩 힘이 들어간 발걸음으로 집무실을 나갔다.

한 시간 후.

리제롯테는 나탈리아의 안내를 받으며 감금된 방을 나와 회의실로 갔다. 안에는 에리카와 안드레이 외에 신성 에리카 민주공화국 소속 의원 수십여 명이 있었다.

에리카가 있다는 말은 못 들어서 의회를 견학하는 줄 알았던 리제롯테는 단상에 서 있는 에리카를 보고 한순간 놀랐다. 나탈리아의 재촉에 에리카가 서 있는 단상 앞으로 이동했다.

"안녕하세요, 리제롯테 씨."

에리카가 사쿠라바 에리카가 아닌 성녀의 얼굴로 리제롯테에게 말을 걸었다. 아망드에서 공격한 적이 없는 것처럼 사교적인 태도였다.

"……."

리제롯테는 대답하지 않았다. 눈에 쌍심지를 켜며 화를 표현했다. 아무리 리제롯테가 온화하다고 해도 이번에는 화가 났다.

이 성녀는 그만한 일을 저질렀다.

안드레이와 나탈리아에게는 적의를 보여도 소용없다는 생각에 어른스럽게 대응했지만, 에리카라면 망설일 필요 없었다.

"어머나, 리제롯테 씨. 그렇게 미간을 찌푸리면 예쁜 얼굴에 주름 생겨요."

리제롯테는 미간을 찌푸릴 정도로 표정을 바꾸지 않았지만, 에리카는 시치미를 떼고 지적했다. 회의실은 그렇게 넓지 않아서 평소처럼 말해도 목소리가 잘 들렸다.
"……이제 열다섯 살이라 걱정 없습니다."
"어머나, 그랬나요? 열다섯 살로는 안 보여서……."
리제롯테의 전생이 리카라는 걸 알고 빈정거렸다.
"저야말로 사쿠라바 씨를 잘못 봤네요. 아망드에서 마지막으로 만났을 때는 사나운 짐승 같았던지라."
리제롯테는 에리카를 일부러 사쿠라바라는 성으로 불러 반격했다. 에리카 뒤에 서 있는 안드레이와 나탈리아는 에리카의 성을 모르는지 고개를 갸웃거렸다.
"어머, 무슨 말이죠?"
에리카는 모르는 척했다.
"건망증이 심하세요?"
"정말 기억나지 않아요. 여행 중에 많은 일이 있었던지라 여행지에서 있었던 아무 상관없는 사소한 일은……."
"사소한 일. 아하, 일이 고되 노화가 빨라졌나 보네요. 건강 챙기세요."
리제롯테가 몹시 걱정되는 것처럼 에리카의 안색을 살폈다.
"어머, 고마워요. 후후후."
에리카와 리제롯테는 아름다운 얼굴로 부드럽게 미소 지으며 칼처럼 날카로운 말을 던졌다. 안드레이와 나탈리아를 포함한 모든 사람이 두 사람의 대화를 묵묵히 지켜보았다.

"……나탈리아, 왠지 분위기가 험악하지 않습니까?"

"분위기만 그런 게 아니라 실제로 험악합니다. 똑똑한 여자는 웃으며 빈정대니까 그 감을 소중히 여기세요."

에리카 뒤에 있던 안드레이는 심상치 않은 분위기에 옆에 있는 나탈리아에게 소리 죽여 물었다. 나탈리아는 식은 땀을 흘리며 대답했다.

"그래서 지금 제가 이렇게 신성 에리카 민주공화국에 유괴된 상황에 대체 어쩌려는 생각인지 말씀해주시겠습니까? 가르아크 왕국의 리제롯테 크레티아로서 즉시 신병을 반환할 것을 요구합니다."

에리카가 돌아올 때까지 한참을 기다렸다. 느긋하게 속을 떠볼 생각은 추호도 없었다. 리제롯테는 딱 잘라 주장했다.

"안타깝게도 당신을 가르아크 왕국으로 돌려보낼 수는 없습니다. 당신은 우리나라 국가기밀을 알아버렸어요."

"당신이 용사라는 것 말입니까?"

"그래요."

에리카가 시원하게 수긍했다.

"……그런 것치고는 아주 쉽게 인정하네요. 이 자리에 있는 사람 모두, 재상인 안드레이 씨조차 모르던데요."

리제롯테가 안드레이를 보았다.

"역시 그렇습니까? 에리카 님."

안드레이가 강한 기대를 담아 물었다.

"알려졌으니 인정하는 수밖에 없겠군요. 맞아요, 안드레이. 아무래도 저는 용사인 모양입니다."

에리카가 물음에 답했다.

그러자 회의실이 크게 술렁였다.

"여러분, 정숙하세요. 리제롯테 씨와 이야기하게 해주시죠."

에리카가 좌중을 진정시켰다.

"그렇게 쉽게 인정할 거면 저를 유괴할 필요도 없었다고 생각합니다만. 만약 제가 아망드에서 당신이 용사인지 묻지 않았다면 억지로 끌고 오지 않았을 겁니까?"

리제롯테가 에리카에게 물었다.

"가정은 의미 없습니다. 중요한 기밀정보가 누출됐으니 우리도 선물 하나는 갖고 있어야죠."

"당신이 용사라는 게 국가의 기밀정보입니까?"

"정보의 가치를 아는 총명한 리제롯테 씨라면 이유를 알 텐데요?"

"적당한 타이밍이 될 때까지 숨겨서 유리하게 움직일 수 있는 건 알지만, 폐를 끼친 보상으로 꼭 당신의 입으로 듣고 싶네요."

"그건 안 돼요. 맞출 때까지 알려주지 않겠습니다."

에리카가 씩 웃으며 대답을 거부했다.

"당신이 예언자인 것과도 관련 있습니까? 예언은 용사가 소환돼서 꾸는 꿈이라고 생각하는데……."

리제롯테는 정보를 끌어내기 위해 상대가 반응을 보일

만한 키워드를 꺼내 반응을 살폈다.

"어머, 자세히도 아네요?"

"당신을 포함해 다섯 명의 용사를 만났거든요. 제가 아는 바로는 그 꿈에서 신장을 사용하는 방법을 가르쳐준다더군요."

"네, 맞아요. 저도 소환되고 얼마 지나지 않아 그런 꿈을 꿨습니다."

"……."

리제롯테는 시원스레 긍정한 에리카를 물끄러미 바라보았다.

"왜요?"

에리카가 이상하다는 듯이 고개를 갸웃거렸다.

"……그 꿈이 예언입니까?"

"글쎄요? 당신이 우리나라 국민이 되면 가르쳐주지 못할 것도 없지만……."

"……그렇습니까? 그럼 됐습니다."

리제롯테는 바로 물러났다.

"아쉽네요. 아, 용사 말이 나와서 말인데 가르아크 왕국에서 소녀 용사를 만났어요. 고집 있는 아이 같더군요. 또 한 명, 성숙하고 정말 예쁜 아이도 있었는데 그 아이도 용사인가요? 미하루라고 했나?"

에리카가 문득 생각난 것처럼 말했다.

'미하루 씨가 있었다고……? 그 말은, 하루토 님도 그 자

리에?'

여행을 마치고 돌아왔나? 리제롯테의 눈이 살짝 커졌다.

"그 아이보다 회색 머리 소년이 강해 보였으니 어쩌면 그쪽이 용사일까요? 저와 맞설 정도로 신체 강화를 걸더군요."

그러자 예상대로라고 해야 하나 에리카가 하루토로 보이는 인물과 만났다고 말했다.

"글쎄요. 당신 말처럼 용사와 관련된 정보가 국가기밀이라면 대답할 수 없습니다. 이유 없이 남의 개인정보를 말하고 싶지도 않고요."

"으음, 제가 용사라는 건 억지로 캐물었잖아요."

에리카가 토라진 것처럼 볼을 부풀렸다.

"……억지로? 어폐가 있네요. 서로 동의하에 질문을 주고받는 규칙을 세우고 물었습니다만."

"그럼 제가 자리를 비운 동안 안드레이에게 저에 관해 물었다는데 그건요? 지인의 개인정보는 말하기 싫지만, 타인의 개인정보를 캐묻는 건 비겁하지 않습니까? 전형적인 왕후 귀족의 수법이네요."

"이유 없이, 라고 말했습니다. 내용과 대화 상대에 따라 다르죠. 신용 문제입니다. 그리고 안드레이 씨에게 신성 에리카 민주공화국을 가르쳐주라고 지시한 것도 당신이잖아요? 그런데 건국의 주역 이야기를 안 하는 건 이상하죠."

"정말 능변가네요. 어엿하고. 그래서 열다섯 살로 안 보이는 거겠죠. 이게 우수한 위정자에게 요구되는 언행입니다. 여러분도 배우세요."

에리카가 즐겁게 웃으며 회의실에 있는 사람들에게 말했다.

"하하……."

안드레이와 나탈리아가 에리카 뒤에서 쓴웃음 지었다. 리제롯테는 두 사람과 있을 때는 귀족의 면모를 보이지 않았다.

그것은 안드레이가 처음 만났을 때 에리카의 대리로 정치 이야기는 하지 않겠다고 말했기 때문이기도 하지만, 안드레이는 리제롯테가 자신을 위정자로 보지 않는다고 생각했다.

"그건 그렇고 회색 머리 남자. 혹시 그 자리에 있던 그 사람과 그런 사이인가요?"

"또 갑자기 화제를 바꾸네요. 여기서 할 이야기도 아닌 것 같지만, 그런 사이가 무슨 사이죠?"

갑자기 화제가 바뀌자 리제롯테가 어이없다는 표정을 지었다.

"연인 사이……는 아니지만, 신경 쓰이는 사람은 있다고 했죠? 어쩌면 그 사람 아닌가 해서요. 아주 멋져서 여자들이 좋아하는 것 같았고요."

"대답할 이유가 없습니다."

에리카가 놀리는 눈초리로 추측했지만, 리제롯테는 쌀

쌀맞게 대답을 거부했다.

"어휴, 아무것도 대답하지 않으니 저도 당신의 질문에 대답하고 싶지 않잖아요."

"대답하고 싶은 것만 대답하면 충분하고 실리 있는 대화를 하고 싶다면 의미 있는 질문을 하세요. 애초에 당신 말이 전부 진실이라고 생각하지 않지만요."

"역시나 미움받네요."

에리카는 다른 사람들도 알 수 있게 아쉬워하는 분위기를 풍겼다.

"알겠습니다. 그럼 본론에 들어갈까요? 그런데 본론이 뭐였더라? 물어볼 게 있다면 물어보세요."

저는 당신의 질문에 대답하겠습니다. 에리카가 리제롯테에게 양보하며 포용력을 보였다.

'……정말, 자신을 돋보이는 솜씨가 좋아.'

상대와의 차이를 보여 상대방을 낮췄다. 야비하지만, 능숙한 수법이었다.

낮춰진 쪽은 탐탁지 않을 테고 허점이 드러나기 쉬워진다. 선동에 익숙한 게 보였다. 하지만 그 정도로 울컥해서 냉정을 잃을 리제롯테가 아니었다.

"그 세 사람을 만난 걸 보니 가르아크 성에 갔습니까?"

질문에 대답하겠다면 그냥 질문하면 된다.

"네, 당신을 납치한 일로 이야기를 해야 할 것 같아서요. 가르아크 국왕과 이야기했습니다."

"……폐하는 무슨 말씀을?"

"가르아크 왕국은 안 되겠어요. 왕정을 포기하라고 설득했지만, 권력에 집착하는 악한 국왕이었습니다. 제 말을 들으려고 하지 않고 대국의 군사력으로 위협하기까지."

에리카는 한탄했다.

"……제가 아는 폐하의 인상과는 다르네요."

리제롯테가 거짓말 아니냐고 넌지시 암시했다.

"하지만 제가 본 인상은 그랬습니다."

"……."

"그래요, 아주 강한 당신의 시녀도 있었어요."

"그렇습니까? 아리아는 무사했군요."

리제롯테는 에리카가 아리아를 공격하고 흙먼지를 일으켜 시야를 차단한 직후에 납치당했기 때문에 아리아가 어떻게 됐는지 목격하지 못했다. 살아있다는 것을 알고 목소리에 안도감이 실렸다.

"저를 공격하려고 할 정도로 아주 건강해 보였어요. 국왕에 관한 당신의 인상과 제 인상이 다르다는 이유로 그 시녀가 뭔가 오해를 불러일으킬 말을 하지 않았을까요? 제게 상당한 적의를 보이더군요."

"당신이 아망드에서 한 일을 생각하면 아리아가 당신에게 적의를 보이는 게 당연하죠. 하지만 그 아이는 사실을 왜곡해 보고할 인물이 아닙니다."

리제롯테가 단언했다.

"신뢰하나 보네요. 제가 여기 있는 분들과 이 나라에 사는 민중을 믿듯이."

에리카가 살짝 고개를 돌려 상냥한 표정으로 한자리에 있는 이들의 얼굴을 보았다. 그들은 기쁜 표정을 지었다.

"아리아와 그만큼 쌓아온 시간이 있는지라."

신뢰하기에 충분한 근거가 있었다.

에리카는 쌓은 시간이 없는 정도가 아니라 신뢰 관계를 세우고 시간을 쌓는 것을 스스로 포기한 듯 보였다. 그런 에리카가 아리아를 깎아내린들 믿지 않는다. 리제롯테가 넌지시 주장했다.

"그래요. 그 쌓아온 시간이 중요합니다. 우리 사이에 부족한 건 바로 그 시간이겠죠. 지금도 당신을 스카우트하고 싶지만, 쌓아온 시간 없이 믿어달라, 힘을 빌려달라는 건 말이 안 됩니다."

에리카가 말했다.

"……당연합니다."

그렇다. 당연한 일이었다. 뚫린 입이라고 그런 말을 하나 싶었지만, 리제롯테는 빈정거리며 동의하는 데 그쳤다.

"안드레이와 나탈리아도 좋은 아이라고 생각하지 않나요? 나라를, 그리고 나라를 만드는 민중을 진심으로 생각하죠. 제가 자리를 비운 동안 두 사람과는 다소나마 시간을 쌓지 않았나요?"

"……그래요. 적어도 당신보다는."

리제롯테는 안드레이와 나탈리아를 힐끗 보고 고개를 끄덕였다.

"그러면 이 두 사람 앞에서 당신의 생각을 들려주겠습니까?"

"……아망드에서 한 이야기를 다시 하자고요? 아무리 권유해도 대답은 똑같습니다. 당신이 없는 동안 안드레이 씨에게 줄곧 말했습니다."

"그랬더라도 여기 있는 분들에게도 보여주고 싶어요. 대국에서 대귀족 아가씨로 자란 당신이 왕정의 지배를 어떻게 생각하는지를. 왕후 귀족이면서 멀쩡한 가치관을 지닌 당신의 시각을. 여기 오면서 무슨 이야기를 나눴는지 간단하게 보고 받았습니다만, 우리나라의 통치제도에 관해 훌륭한 조언을 해줬더군요. 감사합니다."

"……그렇게 대단한 이야기는 하지 않았습니다."

"아뇨. 권리 충돌은 이 나라 민중이 장래에 직면할 문제로써 아주 흥미로운 주제였어요. 이 나라가 앞으로 어떤 민주주의를 싹 틔우고 어떤 통치체제를 만들지 큰 영향을 줄 겁니다. 그러니까 오늘은 그런 쪽으로 논의하고 싶네요."

에리카가 토론에 앞서 의제의 방향성을 유도하는 교육자처럼 말했다.

'이 사람, 대학 강사였다고 했지. 이런 토론에 능숙할 텐데…….'

리제롯테는 아망드에서 에리카와 나눈 대화를 떠올렸다.

"……상관은 없지만, 그 전에 하나 확인하고 싶은 게 있습니다."

"뭐죠?"

"논의 방향성을 유도하는 어투를 보니 저는 당신이 이 나라가 잠재적으로 떠안은 여러 가지 문제를 몰랐다고 보기 어렵습니다."

이미 알지 않았냐고 리제롯테가 물었다. 그런데도 그냥 둔 게 아니냐고.

"후후후, 역시. 그 말대로 이대로 가면 이 나라가 어떻게 바뀌고 어떤 문제가 발생할지 알고 있었어요."

"그, 그렇습니까?! 왜, 왜……."

말하지 않았냐고 뒤에 있던 안드레이가 놀랐다. 의원들도 작게 웅성거렸다.

"말로 해서 대책을 세우기는 쉽지만, 제가 하나부터 열까지 전부 가르쳐준다고 되는 게 아닙니다. 저는 여러분이 지식이 아닌 경험을 쌓길 바랍니다. 안 그래도 여러분은 제 말이라면 무조건 믿는 경향이 있으니까요. 시키기만 하면 피와 살이 못 될 우려가 있다고 생각했어요."

에리카가 뒤에 있는 안드레이를 돌아보며 아름답게 미소 지었다. 그리고 의원들을 둘러보았다. 마치 깨달음을 얻은 듯 안드레이의 눈이 커졌다. 「당신은 대체 어디까지 보고 계신 겁니까」 하고.

"……그러니까 당신이 나라를 비운 동안 제가 이 나라를 보고 문제를 깨달아 안드레이 씨에게 알리게 할 생각이었단 말입니까? 외부인인 제 말은 무조건 믿지 않을 테니까?"

"후후, 당신은 정말 통찰력이 예리하고 뛰어나요. 당신이라면 이 나라가 품은 문제를 알아차릴 줄 알았습니다. 안드레이에게 실제로 가르쳐줄지는 반신반의했지만요."

"……."

당당하게 웃는 에리카와 달리 리제롯테는 불쾌하다고 할까, 기분이 나빴다. 에리카가 어느 시점에 어디까지 계산하고 행동하는지, 왜 이런 짓을 하는지 읽을 수 없었다.

이것저것 의도를 말하긴 하지만, 그것도 어떤 방향으로 유도하려는 느낌이 들었다.

그러나 확증이 없었다. 숨기는 데 능했다.

"확인이 끝났다면 의논에 들어가죠……. 저는 이전부터 이 나라 민중에게 인간 지배의 부당성을 알렸습니다. 인간인 통치자의 사정에 맞춰 법을 만들고 통치자가 바뀔 때마다 지배 내용이 바뀌는 너무나 불안정한 통치제도라고요."

"……그러니까 법이 인간을 평등하게 지배하는 사회를 만드는 겁니까? 인간은 모두 법 아래 평등하다?"

"잘 아는군요. 여기서 말하는 법이란 약자 구제라는 정의를 실현하기 위한 보편적인 법이라는 건 알죠? 따라서 인간이 만드는 규칙은 법이 아닙니다. 법과 구별해 법률이라 부르죠. 인간은 인간보다 위에 있는 법을 만들 수 없으니 인간이 만드는 법률로 법을 벌할 수 없습니다. 예를 들어 왕후 귀족의 존재를 허락하고 인간의 신분 차이를 인정하는 법률을 만드는 건 당치도 않죠. 요약하자면 이렇습니다만……."

이것은 지구에서 말하는 법의 지배라는 사고방식이었다. 영미법을 근간으로 발전한 원리로써 이 세계에는 알려지기는커녕, 문화적 기반이 다르다보니 싹이 틀지 어떨지도 모르는 사상이었다. 여담이지만, 비슷한 명칭의 다른 원리로 대륙법 계열로 발전한 법치주의라는 말도 있었다.

현대 지구, 예를 들어 일본 헌법에도 적용된 이 법의 지배라는 사상을 이 세계에 침투시키면 현존하는 왕후 귀족의 특권은 즉시 부정당한다. 왕후 귀족의 신분 자체가 철폐되거나 신분을 남기더라도 아무런 특권이 없는 유명무실한 존재로 전락해버린다.

하지만 억지로 침투시키면 기득권의 이익을 버리고 싶지 않은 힘 있는 왕후 귀족이 강하게 반발할 것이 필연.

"아주 훌륭한 사고방식이라고 생각하지 않습니까?"

에리카가 밝은 얼굴로 맞은편에 앉은 리제롯테에게 물었다. 왕후 귀족인 리제롯테에게는 사상 검증 같은 질문임을 알고서…….

"……아망드에서도 말했지만, 왕후 귀족이 왕후 귀족이라는 이유만으로 신분 없는 사람을 괴롭히는 행위는 부당하며 인간이 인간을 차별할 권리는 없습니다. 일개 개인으로서 저는 그렇게 생각합니다."

리제롯테는 의연하게 받아쳤다.

“당신은 정말 훌륭한 사고방식을 가졌군요. 왕후 귀족이 모두 당신 같으면 세상은 오래도록 아름답겠죠. 하지만 인간은 모두 당신처럼 현명하지 않답니다. 인간은 어리석은 생물이에요. 인간을 차별하고 싶어 하는 사람이 있죠. 인간을 깔보며 안심과 우월감을 느끼는 사람이 있어요. 그런 사람이 존재하는 한, 인간이 인간을 지배하는 상태로는 약자가 없는 세상을 만들 수 없습니다. 바로 여기 계신 분들이 직접 경험하셨습니다.”

에리카의 말에 의원들이 그렇다고 힘차게 동의했다.

어느새 분위기가 민중을 대표하는 에리카가 왕후 귀족을 대표하는 리제롯테를 규탄하는 구도가 되었다.

이것은 의논이 아니다.

재판이다. 이곳에 있는 사람은 리제롯테를 제외한 전원이 왕후 귀족 때문에 고통스러운 삶을 살았고 에리카의 사상에 찬동했다.

이곳에 들어와 에리카의 얼굴을 본 순간 어렴풋이 예상했지만, 이대로 의논을 포기하면 악역이 될 거라는 예상도 했다. 승산이 없다는 걸 알면서도 의논을 통해 자신의 정당성을 주장하는 것 외에는 선택지가 없었다.

“이분들이 성녀 에리카, 당신의 생각이 훌륭하다고 따르며 찬동하는 이유는 저 나름대로 이해합니다.”

리제롯테는 이 자리에 있는 사람들을 둘러보았다.

"리제롯테 씨는 어떤가요? 훌륭한 사고방식이라고 생각하지 않나요?"

"일개 개인으로서 매우 공감하는 부분은 있습니다."

"참 왕후 귀족스러운 대답이네요. 역시 훌륭하다고 인정하지 않는 거죠? 뭔가 켕기는 게 있는 것처럼 들리기도 하는데……."

"대답을 '네'나 '아니요'로 한정하는 유도신문으로는 제 생각을 전달할 수 없다고 생각할 뿐입니다."

"그래서 저는 리제롯테 씨의 대답에 켕기는 게 있다는 느낌을 받았는데, 뭐가 안 되는 거죠? 약자 구제라는 정의를 실현하는, 세계의 진리라고도 할 수 있는 고차원의 법으로 인간이 오래도록 올바른 방향으로 인도될 거라는 생각이 틀렸나요?"

"……틀리지 않았습니다. 하지만 그런 사상을 급속히 추진하면 혼란이 생길 우려가 있습니다."

"어머, 이유는요?"

"기득권의 이익을 유지하고 싶은 귀족이 전부 적이 되기 때문입니다. 그러면 전쟁이 벌어집니다."

"잘못은 왕후 귀족이 하고 있지 않나요? 약자인 민중이 괴롭힘당하는 부당한 상황을 왕후 귀족이 자주적으로 해결하지 않으니 민중이 혁명을 일으켜 올바르게 시정해야 한다고 생각합니다만……."

"국가에는 권력자만 살지 않아요. 대다수는 민중입니다.

국가는 민중이 있기에 번영합니다. 그러니까 민심이 시정을 바란다면 혁명은 필연적이고, 정당성이 있을지도 모른다고 이해는 해요. 하지만 왕후 귀족의 지배체제가 견고한 시국에 억지로 혁명을 일으키면 오히려 당할 수도 있다는 말입니다."

"다른 귀족과 대립하는 게 그렇게 무섭습니까?"

"……무섭습니다. 제가 아망드에 사는 민중을 이끌고 혁명을 일으키려고 하면 왕후 귀족이 저를 죽이려고 군대를 움직이겠죠. 그렇게 되면 저만 죽습니까? 영지에 사는 민중도 함께 죽습니다. 그렇게 됐을 때 민중은 뭐라고 생각할까요? 아무런 승산도 없이 잔뜩 부채질해놓고 진 제가 무책임하다고 비난하지 않겠습니까?"

무섭냐고 부채질하자 리제롯테는 망설이지 않고 무섭다고 단언했다.

"그러니까 왕후 귀족의 지배체제가 피폐해질 때까지 시대의 흐름을 기다리자? 지금 당장 힘들어하는 민중은 보고도 못 본 척하라고요?"

"……보고도 못 본 척하고 싶지 않습니다. 하지만 그렇다고 해서 깃발만 멋진 종이배에 국민을 태우는 짓은 하지 못합니다."

리제롯테는 힘겹게 얼굴에 그늘을 드리웠다. 에리카가 리제롯테에게 대답을 요구한 문제는 본래 인간 개인이 해결할 수 있는 문제가 아니었다. 억지로 해결하려고 하면 주변과 함께 파멸에 이를 난제였다.
"문제 해결을 포기하겠다는 거군요. 그렇다면 당신은 귀족 지위를 버려야 해요. 그러지 못한다면 당신은 지금 누리는 왕후 귀족의 안락한 삶을 지속하고 싶어서, 순전히 본인만 생각해 귀족 지위에 집착하는 거로 보일 겁니다. 민심에 맞춰 말하면 민중이 원망하지 않을 거라고 생각하는 귀족으로 여겨지겠죠."

에리카가 리제롯테를 손가락질하며 규탄했다. 상대를 일방적으로 단정하는 심각한 낙인찍기였다.

그러나 의원들의 생각은 피해자인 민중 쪽에 선 에리카와 가까운 사람이 대부분이었다. 가해자 쪽인 리제롯테를 「맞아, 맞아. 귀족 지위를 버려라」라고 비난하듯 연신 고개를 끄덕였다.

민중을 진심으로 생각한다면 안락하게 살 수 있는 귀족 지위를 버릴 수 있다고 생각했다.

과연―.

"……저는 가르아크 왕국의 귀족입니다. 대관으로서 아망드에 사는 국민을 책임져야 합니다. 책임을 포기하면 아망드에 사는 국민의 삶이 불안해지는데 그건 무책임한 행위가 아닙니까?"

리제롯테는 귀족 지위를 버리겠다고 말하지 않았다. 자기도 모르게 표정이 굳을 뻔했지만, 의연하게 자기 의견을 주장했다.

순간, 듣고 있던 의원들이 낙담과 분노의 한숨을 흘렸다. "핑계 대지 마!"라는 고성과 "맞아!"라고 동의하는 고성들이 쏟아졌다. 그들은 리제롯테가 아망드의 민중에게 얼마나 사랑받는지 몰랐다.

"아망드가 훌륭한 도시라는 건 압니다. 당신이라는 대관이 없어지면 거기 사는 민중의 삶이 나빠질지도 모르겠네요."

의외로 에리카는 리제롯테의 치세를 좋게 평가했다.

"……그렇다면 저를 가르아크 왕국으로, 아망드로 돌려보내 주세요. 이 상황에서는 대관 일을 못 합니다. 당신이 저를 이 나라로 유괴하는 바람에 아망드에 사는 민중의 삶이 실시간으로 불안한 상황에 놓였습니다. 아닙니까?"

"일면적으로는 그렇게 볼 수도 있겠죠. 하지만 이렇게 볼 수 있지 않나요? 지금까지 아망드에 선정이 펼쳐진 건 리제롯테 크레티아가 선량한 귀족이었기 때문이죠. 다음에 부임할 대관이 황포한 귀족이라면 아망드는 어떻게 될까요? 이렇게 생각하는 민중이 분명 많을 겁니다."

"……그러니까 빨리 보내 달라는 말입니다."

"생각건대, 리제롯테 크레티아라는 귀족 소녀가 없어도 아망드라는 도시에 사는 민중의 삶이 불안하지 않도록 대책을 세워야 하지 않았나요? 당신 다음에 누가 아망드를 맡아도 민중의 삶이 불안하지 않도록 해야 했어요."

"……무슨 말을 하고 싶은 거죠?"

리제롯테는 그 답을 알고 있었다. 그래서 시치미 뗀 표정으로 물었다.

"당신은 아망드에 사는 국민을 책임지는 위치라고 말하면서도 그 책임을 다하지 않았다는 겁니다. 지금은 몰라도 미래 세대는 생각하지 않았죠. 도시의 미래를 생각하지 않은 거나 다름없습니다. 여러분은 그런 통치자 밑에서 살고 싶습니까?"

에리카가 청취하는 의원들에게 물었다. 그러자 "싫습니다!" "민중의 미래를 더 생각하는 지도자여야……!" "맞아, 맞아!"라는 소리가 속속 나오기 시작했다.

'……진전이 없어. 이 성녀의 말은 민중의 삶이 불안해지지 않도록 민주적 제도를 도시에 도입하라는 말과 같아. 그런 제도를 만들면 왕후 귀족과 대립할 게 눈에 선한데 알고도 일부러 저렇게 말하고 있어. 이런 걸 설명해봤자 귀를 기울일 사람은 이곳에 없어.'

아망드에서 리제롯테가 정할 수 있는 규칙은 더 고위 입법자인 국가가 정한 국법과 그 아래에 있는 영주가 정한 영령 아래 있었다. 따라서 리제롯테가 국법과 영령을 거스르는 규칙을 정해봤자 의미가 없었다.

게다가 대관이 새로 부임하면 이전 대관이 정한 규칙을 철회하고 새로운 규칙을 만들 수 있는 구조였다.

만약 대관이 퇴임한 후에도 적용될 제도를 만들려면 영주나 국왕에게 특별 허가를 받아야 하나, 그 허가조차 영주나 국왕이 바뀌면 철회할 우려가 있었다. 그렇다면 궁극적으로는 혁명을 일으켜 법의 지배를 실현하는 사회를 만드는 수밖에 없다는 게 결론이었다.

'……성녀 에리카가 정한 의논은 아마도 여기까지, 일 거야.'

종착점을 벗어나지 못한 이상, 리제롯테의 패배였다. 승산이 없는 줄은 알았지만, 그것이 현실이 되었다.

그렇다면 끝없이 반복될 이 의제에 어울릴 이유가 없었다. 그렇다면 직접 다음 무대로 나아갈 뿐.

"의제를 많이 벗어난 것 같은데 이제 됐습니까? 권리 충돌과 관련해 이 나라가 앞으로 어떤 민주주의를 싹틔우고 통치체제를 만들어 가느냐, 라는 의제로 기억합니다만, 이래서는 아망드에서 나눈 대화와 큰 차이가 없군요."

리제롯테가 어깨를 으쓱하며 에리카에게 물었다. "논점 흐리지 마!"라든가 "의논에서 도망치지 마라!"라든가 "깨끗하게 패배를 인정해!"라는 소리가 들렸지만, 리제롯테의 표정은 변함없었다.

"의제는 충분하고도 남을 정도로 토론했다고 생각해요. 오늘 저와 당신은 언론의 자유라는 권리로 부딪쳤습니다. 그야말로 권리 충돌을 실천한 거죠."

"궤변으로 들립니다만……."

"아뇨, 아망드 때와 가장 큰 차이는 이 자리에 이 나라의 미래를 정하는 의원들이 모였다는 겁니다. 그리고 지금 여기서 제가 당신과 한 의논은 저와 당신이기에 성립한 고도의 토론이라고 생각해요. 우리 중 한쪽이 여기 있는 사람 중 한 명이었다면 대화가 이렇게 뜨거워지지 않았겠죠. 여기 있는 사람들이 이번 대화를 들은 것 자체에 큰 의의가 있어요. 이번 대화를 들은 이들이 무슨 생각을 했는지가, 앞으로 이들이 만들 나라의 미래에 반드시 반영될 겁니다. 저는 확신해요."

에리카는 사람들을 둘러보며 조소했다.

"그럼 저를 여기로 부른 목적도 달성됐다고 생각하면 될까요?"

"아뇨. 마지막으로 하나……. 리제롯테 씨, 제게 힘을 빌려주겠습니까? 함께 약자를 구제해요. 저와 당신이 힘을 모으면 아망드보다 오래도록 안정된 치세를 펼칠 수 있어요."

"……위험한 발언으로 들립니다만, 나라를 배신하라는 말입니까?"

리제롯테가 얼굴을 찌푸렸다. 에리카의 이번 발언은 가르아크 왕국에 혁명을 계획하고 있으니 협조하라는 말이나 마찬가지였다.

"어떻게 받아들일지는 당신에게 달렸습니다. 하지만 용사인 저는 할 수 있습니다. 하겠습니다. 그래서 제안하는 겁니다."

"용사는 당신 외에도 다섯 명이 있어요. 모두 어느 나라 소속인지 확인했습니다. 그 다섯 용사가 당신의 적이 된다는 뜻입니다만."

"승산은 있어요. 나라에서 소중하게 키운 용사는 절대 저를 이길 수 없으니까요. 성녀이자 용사이기도 한 제가 선두에 서면 민중은 패배하지 않습니다."

"자신만만하군요……."

"네. 그러니까 다시 협조 요청합니다. 리제롯테 씨도 충분히 알았겠죠? **인간은 정말 어리석은 생물이라는 것을**. 그러니까 더 나은 미래를 만들기 위해 당신 같은 현명한 사람의 협조가 필요해요. 함께 실현해요."

에리카가 매우 상냥하게 웃으며 리제롯테에게 손을 내밀었다.

"……저는 제가 현명하다고 생각하지 않습니다. 인간의 가치는 현명한지, 현명하지 않은지로 달라지지 않아요. 당신의 이상향인 높은 차원의 법에도 그렇게 정해져 있지 않나요? 그렇기에 인간은 나면서부터 평등하다고 생각합니다만."

리제롯테는 에리카의 손을 잡지 않았다.

"맞는 말입니다."

"그렇다면 더는 강요하지 마세요. 계속 밀어붙이면 여러분이 혐오하는 인간의 지배, 왕후 귀족이 행한 악한 권력 행사와 뭐가 다릅니까?"

호불호. 그리고 의견을 말하는 것은 자유다. 사상을 표현하는 것도 자유다. 그러나 밀어붙여서는 안 된다. 인간에게는 강요당하지 않을 자유도 있다.

권리와 권리가 충돌했을 때 서로를 존중하지 못하면 밀어붙이게 된다. 밀어붙이는 행위는 강요다. 강요가 지나치면 지배에 이른다.

물론 호불호로 의논이 발생해 의견과 사상을 이야기하는 건 민주주의의 본질이라 괜찮다.

그러나 상대방의 의견과 사상이 싫어서 수단과 방법을 가리지 않고 이겨주마, 내 마음에 들게 바꿔주마, 지배해주마, 이렇게 나오면 인간이 인간을 지배하는 것과 같다. 그래서는 민중이 싫어하는 인간의 지배에 의한 권력 행사와 본질이 똑같지 않은가?

리제롯테는 에리카를 응시하며 주장했다.

"뭐, 뭐라고?!"

"옳은 주장을 하는 우리가 왜 왕후 귀족과 같아지는데!"

"우리는 한마음으로 행동한다고! 민중의 뜻이야말로 정당한 권력이다!"

"말도 안 되는 모욕이다!"

"철회해!"

"의무도 다하지 않고 기득권의 이익만 주장하는 악한 왕후 귀족!"

"결국 자기가 중요한 거지! 그러니까 지위를 버리지 않는 거야!"

"부유한 집에 나고 자란 여자가 우리를 이해할 리가 없지!"

"지켜야 할 민중에게 대가인 세금만 챙기고, 이 여자는

죄인이다!"
"거만한 척이나 하고! 반성해라!"
"이 여자는 마녀야!"
"단죄! 우리가 단죄해야 해!"
의원들이 안색을 바꾸고 리제롯테를 욕하기 시작했다. 리제롯테가 악이라고 리제롯테의 죄책감을 불러일으키려고 했다. 리제롯테를 알려고 하지 않았다. 자신들이 비난당했다고 느꼈는지 과할 정도로 불이 붙었다.
"……."
리제롯테는 슬프게 입술을 깨물었지만, 반론하지 않았다.
"여러분, 정숙하세요, 정숙."
에리카가 짝짝 손뼉을 쳤다. 에리카의 부름에 민중은 입을 다물지 않을 수 없었다. 주위가 썰렁할 정도로 조용해졌다.
"의논하는 곳입니다. 리제롯테 씨에게도 반론 기회를 줘야죠. 이미 메워지지 않을 정도로 골이 깊어진 것 같지만……. 마지막으로 주장하고 싶은 게 있습니까? 리제롯테 씨."
"……오늘 이 자리에서 저는 제 생각을 주장했습니다. 저를 어떻게 평가할지는 여러분의 자유입니다."
리제롯테는 의연하게 대답했다.
"그래요……. 그럼 오늘 임시회의는 이걸로 끝내죠. 여러분, 퇴실해주세요."
에리카가 의원들에게 퇴실을 재촉했다.

주먹을 쥐고 리제롯테를 노려보던 의원들은 몇 초 뒤에 한 명이 걸음을 떼자 모두 줄줄이 회의실을 나가기 시작했다.

"안드레이와 나탈리아는 의원들이 퇴실하면 저와 함께 리제롯테 씨를 방으로 데려가요."

에리카가 뒤에 서 있는 두 사람에게 지시했다.

"네……."

안드레이는 고개를 끄덕이고 리제롯테를 바라보며 무슨 말을 하려고 했지만, 입을 꾹 다물고 우두커니 서 있었다.

에리카가 리제롯테에게 다가갔다.

"아주 좋은 연설이었어, 리카. 혹시 네가 내 학생이었다면 두말 안 하고 최고점수를 줄 정도로. 안심해. 때가 되면 무사히 돌려보내 줄 테니까."

그리고 성녀 에리카가 아닌 사쿠라바 에리카로서 리제롯테의 귓가에 속삭였다.

"……마지막으로 하나만 말해주세요. 당신은 사랑하는 약혼자가 죽자 그 사람의 삶을 이어가기로 하고 행동하기 시작했다고 들었어요. 그 사람의 의사를, 당신은 정말로 이어가고 있나요? 당신의 행동이 민중을 위한 일이라고 말할 수 있어요?"

에리카가 사쿠라바 에리카의 얼굴을 보였기 때문일까? 리제롯테는 과감하게 죽은 에리카의 약혼자 이야기를 꺼냈다.

"……멍청한 질문이야. 그 사람의 말은, 이제 두 번 다시

들을 수 없어……. 한 가지 분명한 건, 제가 그 사람이 죽어서 행동하는 게 맞는다는 겁니다."

그 순간, 에리카의 표정이 너무도 슬프고 복잡해졌다. 그러나 그것도 잠시일 뿐, 마지막은 성녀의 가면을 쓰고 질문에 답했다.

"그렇군요……."

리제롯테는 힘없이 고개를 숙였다. 한편, 마침 의원 전원이 회의실을 나갔다.

"그럼 리제롯테 씨를 방으로 데려갈까요?"

에리카는 리제롯테가 대답하기 전에 안드레이와 나탈리아에게 지시를 내렸다. 리제롯테는 이렇게 방으로 돌아가게 되었다.

【 제 5 장 】 ❈ 탈환

리제롯테가 회의에 소집되기 약 한 시간 전의 일이다.

시각은 오후. 성녀 에리카가 귀국하며 리오, 아리아, 아이시아도 신성 에리카 민주공화국에 도착했다.

장소는 수도 에리카부르크의 남쪽 상공. 리오가 아리아를 안고 수도 거리를 내려다보았다.

참고로 리오와 아리아는 전투 복장 위에 외투를 걸쳤다. 리오가 애용하는 블랙와이번 코트는 정령의 주민의 마을에서 수리를 마쳤지만, 적진에 입고 걸어 들어가기에는 눈에 띄어서 지금은 입지 않았다.

「아이시아, 성녀를 쫓으며 리제롯테 씨의 소재지를 확인해줄래? 리제롯테 씨를 발견하면 연락하고. 감금 상태를 확인하고 투명화 정령술로 도망치는 작전이 플랜A. 어려우면 감금 상황을 보고 플랜B를 생각하자.」

적진 도착 이후의 계획은 이동하는 사이에 아리아와 얼추 맞춰놓았다. 리오는 아이시아와 교신할 수 있는 거리까지 다가가 사전에 정한 내용을 짤막하게 정리해 지시했다.

「알았어. 성녀는 도시 안쪽에 내렸어. 어떤 건물로 들어갈 것 같아. 또 연락할게.」

「고마워. 나와 아리아 씨는 그동안 도시 지리를 확인할게.」

리오도 눈으로 성녀가 탄 그리핀이 귀족 거리 구역에 착륙하고 건물로 가는 모습을 확인했다. 리오와 아이시아는 교신을 종료했다.

"성녀가 관저나 청사 같은 건물에 들어가려나 봅니다. 아이시아에게 안에 리제롯테 씨가 있는지 확인해달라고 했어요."

리오가 아리아에게 말했다.

"네. 상공에서 보니 도시 전체가 복구공사 중이군요. 혁명의 상흔일까요? 귀족 거리로 보이는 구역 쪽 건물이 눈에 띄게 부서졌는데, 가장 안쪽에 있는 잔해더미가 특히 심하네요……."

장인과 작업자가 작업하는 모습이 보이지만, 파괴 흔적이 남은 거리는 참혹했다.

"위치상 성이 있었던 곳이겠죠?"

"그럴지도 모릅니다. 대체 무슨 일이 있었는지……."

아리아가 부서진 성 대지를 뚫어지게 내려다보았다. 잔해더미가 쌓일 정도로 부수는 건 이만저만한 일이 아니었다.

"단순히 혁명군이 밀어닥쳐 잔해더미가 될 때까지 성을 부순 것 같지는 않아요. 가능성이 있다면 성녀의 신장이나 어떤 강력한 고대 마도구로 공격해서 저렇게 될 때까지 파괴한 것 같습니다만……."

상당한 규모의 현상을 일으켜 공격하더라도 쉬운 일이 아니었다.

"그리고 수도 근교, 남쪽 땅이 엉망이네요. 혁명군이 남쪽에서 진군해서 왕국군과 붙었을까요?"

단순히 밀려오는 군세에 짓밟힌 정도가 아니라 지형이 푹 꺼지거나 솟은 곳도 보였다.

"……지형이 엉망이 된 위치가 치우친 걸 보니 혁명군이 일방적으로 승리했는지도 모르겠군요."

실제로 혁명 시에 남쪽에서 에리카가 이끄는 1만 명에 가까운 혁명군이 밀어닥쳤다. 왕국은 2천 명으로 이루어진 군세로 버텼다.

그러나 혁명군과 왕국군이 백병전을 펼치는 일은 없었다. 왕국군 2천 명은 앞장선 에리카 한 명의 공격으로 1분도 안 돼 섬멸됐다. 그대로 도시로 밀어닥친 민중은 기세를 늘리며 귀족거리로 돌격했다.

"이상하게 강한 것도 그렇고, 성녀에게 정체를 알 수 없는 힘이 있는 것 같습니다. 만약 싸우게 되면 조심하세요."

아망드에서 패배한 아리아가 괴로운 표정을 지으며 말했다.

"네, 조심하겠습니다……."

리오는 고개를 끄덕이고 아래에 펼쳐진 수도를 진지하게 응시했다. 여기까지 오는 동안 무시했지만—.

"그럼 도시로 들어가서 내부 지리를 파악해볼까요? 이번에는 우리가 공격할 차례입니다."

리오는 아리아를 안고 인기척 없는 도시 가장자리로 내려갔다.

◇ ◇ ◇

한편, 몇 킬로미터 거리를 두고 뒤에서 리오를 추적하는 사람이 있었다. 레이스다. 마침 리오 일행이 지상에서 수도로 가려는 모습이 보였다.

"……."

레이스는 밑에 펼쳐진 수도 에리카부르크와 그 근교를, 조금 전의 리오 일행처럼 관찰했다.

'역시 성녀는 용사의 힘을 제법 쓸 수 있나 봅니다. **이제 그것의 출현만 확인하면** 성녀가 용사로 각성했는지 확정돼요. 각성하지 않았기를 바랍니다만…….'

대단할 정도로 무너진 성터를 응시하며 각성한 사태를 상상했는지 레이스가 귀찮은 한숨을 내쉬었다.

'일단 성녀와 검은 기사를 붙여서 각성했는지 확인해보죠. 뭐, 성녀가 각성했다면 아무리 검은 기사라도 승산이 없지만, 도망칠 수는 있을 테니까.'

리오가 도망치는 상황도 예측하고 이미 손도 써놨다. 리오와 성녀가 죽고 죽이도록 앞으로 어떻게 하느냐가 문제였다. 성녀가 용사로 각성했는지는 되도록 확인하고 싶었다.

'인간형 정령은 구출 역할로 잠입하고 검은 기사와 시녀장은 만약의 때를 대비한 별동대로 보이네요.'

고위 정령술사라면 대기 굴절률을 바꿔 모습을 감출 수

있으나 정령술사는 여전히 그곳에 존재했다.

영체화하면 눈에 띄지 않는 아이시아가 잠입을 맡는 게 가장 확실했다. 리제롯테를 구출하는 게 목적임을 아니 행동을 예상하기도 쉬웠다.

'저들 실력 정도면 눈에 띄지 않고 리제롯테 크레티아를 데려오겠지만, 이 기회에 확실하게 붙어줘야겠습니다.'

레이스는 엷은 미소를 짓고 지상으로 내려가 도시로 접근했다.

「하루토, 리제롯테를 찾았어.」

아이시아가 리제롯테를 발견했다고 연락한 건 리오와 아리아가 수도 에리카부르크에 잠입하고 얼마 지나지 않아서였다.

현재 있는 곳은 시가지 구역, 일반 시민이 많이 다니는 주요 거리였다. 상업적으로 활발하지는 않지만, 돌아다니는 사람들의 표정이 밝고 활기가 넘쳤다. 리오와 아리아는 구출 작전을 세우기 전에 지리 정보를 확인하는 중이었다.

"아리아 씨, 잠깐 뒷골목으로. 아이시아로부터 연락이 왔어요."

리오는 말을 마치고 먼저 길을 벗어나 아리아를 인기척 없는 뒷골목으로 불렀다.

「고마워. 리제롯테 씨의 상태는?」

「무사하고 건강해. 곧 회의가 열리는 데 거기 불려가나 봐. 지금은 감시와 함께 있어.」

「……그럼 주위에 사람이 없는 타이밍을 봐서 접촉해보자. 일단은 상황을 지켜봐 줘.」

「알았어.」

「나와 아리아 씨는 시가지에 있어. 이쪽 지리를 파악하고 그쪽 저택에 접근할 수 있으면 접근해서 잠복할 곳을 찾을게. 무슨 일 있으면 아이시아의 판단에 맡길게. 그렇게 되면 바로 알려줘.」

「응.」

리오는 아이시아에게 필요한 지시를 전달했다.

그리고 다시 교신을 종료했다.

"리제롯테 씨를 찾았대요. 아직 접촉하지는 못했지만, 무사하다고 하네요."

리오가 아리아에게 정보를 전달했다.

"……감사합니다."

아리아는 감격하며 깊이 머리 숙여 인사했다.

"구출은 지금부터예요. 우리도 할 수 있는 일을 하죠. 갈까요?"

리오는 차분하게 아리아에게 이동하자고 했다. 리제롯테를 확보한 후 도주 루트는 날아서 도망치는 게 가장 빠르지만, 투명화 정령술은 사용 중에 요란하게 움직이면 위장이 벗겨지는 단점이 있었다. 따라서 남몰래 리제롯테를 밖으로 데리고 나오려면 걸어서 이동해야 했다.

구출할 때는 눈에 띄지 않는 곳까지 걸어서 이동하고 그 이후에 하늘로 도망친다. 그렇게 하려면 도시 내부 지리 정보를 어느 정도 정확하게 파악해야 하고, 전 귀족 거리에도 미리 들어가 봐야 했다.

"네."

두 사람은 다시 도시를 탐색하기 시작했다.

그로부터 한 시간 반 정도 지났을까. 의논이라는 이름의 재판이 행해지고 리제롯테가 규탄받은 후의 일이다.

"……들어가시죠."

안드레이가 리제롯테를 감금하는 방문을 열고 말했다.

"네."

리제롯테는 고개를 끄덕이고 순순히 안으로 들어갔다. 방으로 돌아오는 동안 에리카, 안드레이, 나탈리아와 대화다운 대화는 없었다.

리제롯테의 표정과 음색에서는 생각이 엿보이지 않았다. 한편, 안드레이는 회의에서 오간 대화를 듣고 무슨 생각을 했는지 이동하는 내내 시무룩한 얼굴로 리제롯테의 안색을 살폈다. 그 때문에 참 답답한 분위기가 감돌았다.

"오늘 저와 같이 의논해줘서 고마웠어요. 한동안 푹 쉬어요."

에리카는 회의에서 보여준 모습과는 정반대로 리제롯테를 배려하듯 상냥하게 말했다.

"네. 그럼 이만."

돌아보지 않고 에리카에게 대답한 리제롯테는 그대로 안으로 더 들어갔다.

"……."

에리카와 나탈리아는 몸을 돌리고 나가려고 했으나 안드레이는 멈춰 서서 리제롯테의 뒷모습을 바라보았다.

"가죠, 안드레이."

무슨 말을 하려나 싶을 때, 에리카가 안드레이를 불렀다.

"……네."

안드레이는 고개를 숙이듯이 끄덕이고 에리카와 나탈리아를 뒤따라 방을 나갔다.

"안드레이. 당신의 복잡한 마음, 제게 털어놓아도 괜찮아요."

문을 닫고 세 사람이 복도로 나오자 에리카가 안드레이에게 말했다.

"……에리카 님."

안드레이는 더 깊이 고개를 숙이고 주먹을 꽉 쥐었다.

"……솔직히, 착각했습니다. 저 사람은 왕후 귀족의 부조리를 알면서도 왕후 귀족이기를 선택했어요. 저렇게 총명한데 결국은 왕후 귀족이라니. 민중의 미래를 안 보고 있어요. 거기에 실망했습니다."

그리고 감정을 토로했다.

"정말, 가여운 안드레이……. 저 사람과 손잡는 미래가 오리라고 믿어버렸군요. 당신은 정말 순수한 사람이라 기대를 배신당해 상처받았어요. 그런데도 기대하는 거 아닌가요? 그래서 저 사람에게 부정적인 감정이 있는데 매도하지 않은 거죠. 이해해주기를 바라서."

"그럴지도, 모릅니다."

"안드레이, 인간은 배신에 크게 상처받습니다. 그러니까 그 기분을 잊으면 안 돼요. 상처받고 절망했을 때 어떻게 일어나느냐로 당신이라는 인간의 본질이 시험받으니까. 이건 당신이 성장할 기회가 될 겁니다. 리제롯테 씨를 다시 만나면 어떻게 대할지, 당신 나름의 답을 찾도록 해요."

"……네."

안드레이는 힘겹게 고개를 끄덕였다.

한편, 에리카 일행이 나간 직후.

"……."

리제롯테는 분한 마음을 억누르는 얼굴로 소파에 앉았다. 납치돼 타국에 끌려와 공개 린치라도 하듯이 일방적으로 매도당했다. 이제야 감정이 밀려왔는지 리제롯테의 눈에 눈물이 맺혔다. 하지만 참으려고 했다. 가슴속에 소용돌이치는 풀 데 없는 감정 때문에 미쳐버릴 것 같았다.

"누구라도, 도와줘……."

리제롯테는 도움을 청하며 쉰 목소리로 중얼거렸다. 그러자 아무도 없는 이 타이밍에 아이시아가 스르륵 실체화해 나타났다.

"리제롯테."

"네……."

"괜찮아?"

"안 괜찮은 것 같아요."

리제롯테는 넋이 나가 말을 거는 아이시아에게 무의식중에 대답했다. 그래서 평소에는 남에게 하지 않는 약한 소리도 중얼중얼 토해냈다.

"미안해. 회의실에 가기 전부터 보고 있었는데 보기만 해서……."

아이시아가 기분 탓인지 시무룩하게 사과했다.

"아니에요……. 으, 응? 아, 아이시아…… 씨?"

"응."

리제롯테는 그제야 누구와 이야기하고 있다는 걸 깨달았다.

왜 아이시아가 여기 있지? 어떻게 침입했지? 전부터 보고 있었다는 건 무슨 뜻? 머릿속에 온갖 의문이 떠올라 몹시 혼란스러웠다.

"……어, 어어어어어?"

리제롯테가 평소와 달리 눈에 띄게 동요했다.

"조용히. 구하러 왔어."

"자, 잠시만요. 어, 어떻게 된 거죠?"

리제롯테가 목소리를 낮추고 물었다.

"리제롯테가 혼자가 되기를 기다렸어. 그래서 나왔어. 지금부터 리제롯테를 데리고 여기를 나갈 거야."

"나, 나왔다……고요? 네? 언제부터?"

"자세한 설명은 밖에서 할게. 하루토와 아리아가 밖에서 기다려."

"하, 하루토 님과 아리아까지……?"

자기를 구하러 왔다……. 그것을 인식하고 말하기 어려운 기쁨이 솟구쳤다. 혹시 꿈이 아닐까? 라는 의문이 떠올라 살짝 뺨을 꼬집어 확인하려고 했다.

"꿈 아니야."

"그런 것, 같네요……."

"나도 있어. 리제롯테는 혼자가 아니야."

"아, 아이시아 씨……."

리제롯테는 참지 못하고 눈물을 흘렸다.

"울지 마."

"죄송해요……."

"사과하지 마. 지금 하루토와 연락할 테니까 잠깐만 기다려.”

아이시아는 리제롯테를 향해 슥 왼손을 들었다.

“……네?”

아이시아가 무슨 말을 하는 거지? 대체 어떻게 연락한다는 걸까? 리제롯테는 고개를 갸웃거렸다.

“…….”

아이시아는 잠시 말없이 우두커니 서 있었다.

“하루토가 허락했어. 조사도 준비도 끝났어. 이제 내가 판단해서 너를 여기서 데려나가면 돼.”

그리고 정말 연락한 것처럼 말했다.

“……네, 네?”

정말 대체 뭐지?

“밖에 있는 감시를 무력화하고 올게. 잠깐만 기다려.”

말이 끝나기 무섭게 아이시아는 빛 입자가 되어 사라졌다.

“앗……?!”

리제롯테는 놀라서 눈을 번쩍 떴다.

그러더니 몇 초 후에 찰칵 문이 열렸다.

“기절했어.”

아이시아가 감시하던 남자를 기절시키고 들어왔다. 일단 문을 닫고 의식을 잃은 남자를 바닥에 살짝 놓았다.

“……서, 설명. 설명 부탁드려요. 나중에라도 괜찮으니까.”

리제롯테는 할 말을 잃었지만, 지금 생각하는 건 포기했다. 설명은 나중에 듣자고 자신을 타이르듯 말하고 앞으로 무슨 일이 벌어져도 놀라지 말자고 결심했다.

"응. 그럼 지금부터 투명해질게. 내 손 놓지 마. 그리고 큰 소리도 내면 안 돼."

"네!"

투명해져? 대단해! 단순하게 넘기기로 한 리제롯테는 아주 기분 좋게 대답하고 시키는 대로 아이시아의 왼손을 꼭 잡았다.

"……."

아이시아는 오른손으로 문을 열고 말없이 정령술을 발동했다. 살랑 미풍이 불어 아이시아와 리제롯테를 감쌌다.

그 순간, 리제롯테는 주변 풍경을 볼 수 없어졌다. 안개가 낀 것처럼 공간이 굴절됐다. 한편, 정령술로 마력을 가시화한 아이시아의 눈에는 문제없이 바깥 풍경이 보였다. 그리고 외부인은 공간 내부에 있는 사람을 못 보게 착각을 일으켰다.

'……뭐, 뭐야, 이거? 마법은 아닌가?'

대, 대단해. 리제롯테는 의문을 놀라움으로 덮었다. 일일이 무슨 일인지 궁금해하고 질문하면 끝이 없을 것 같았다.

"눈에 보이는 안개는 건드리지 마. 공간이 흔들려서 환술이 풀리니까."

"아, 알겠습니다."

다만, 한 가지 아는 게 있었다.

하루토, 아이시아, 아리아. 가르아크 왕국에서 이 세 사

람을 제외하면 누구도 이 이상의 전력을 절대로 마련할 수 없다는 것.

그 세 사람이 자신을 위해, 위험을 무릅쓰고 구하러 왔다. 이 나라에 와서 홀로 힘들었는데……. 그만큼 세 사람이 달려온 게 정말 기쁘고 정말 믿음직해서 감정 고양을 억누를 수 없었다.

“고맙습니다.”

리제롯테는 큰 소리를 못 내는 대신 아이시아의 손을 꼭 잡았다.

“응. 이제 조용히 걸으면 하루토와 아리아를 만날 수 있어. 가자.”

아이시아는 밝은 미래로 초대하듯이 리제롯테의 손을 꼭 잡아당겼다.

그 무렵, 리오와 아리아는 리제롯테가 감금된 저택에서 걸어서 5분 정도 떨어진 인기척 없는 뒷골목에 대기했다. 이제 작전을 실행할 단계라 블랙와이번 코트도 걸쳤다.

“리제롯테 씨를 데리고 방을 나왔다고 해요. 이르면 5분 뒤에 합류할 수 있을 겁니다. 드디어 시작이네요.”

리오가 아이시아의 연락을 받고 보고했다. 무슨 일 있으면 별동대 역할과 호위 역할로 움직이기로 했으나 투명화 정령술로 방을 나왔으니 문제는 일어나지 않을 것이다.

그리고 합류 후에 리제롯테의 탈출을 알아차리고 소란이 벌어지지 않으면 지상으로, 소란이 벌어지면 다소 눈에 띌 것을 각오하고 신속하게 날아서 도망치기로 했다.

"별일 없이 왔으면 좋겠는데……."

"투명화 정령술만 발동하면 어지간히 기척에 민감한 사람이 아닌 한은 모를 테니까 괜찮을 거예요."

"……그냥 궁금해서 여쭙니다만, 실제로 사라지면 어떻게 보입니까?"

아리아가 조심스럽게 물었다.

"시험해볼까요?"

리오가 정령술을 발동했다. 미풍이 리오를 휘감았다. 그러자 리오가 서 있는 곳이 왜곡되기 시작했다. 그러나 몇 초도 되지 않아 리오도 보이지 않고 공간 왜곡도 사라졌다. 어디를 봐도 그곳에 사람이 서 있는지 모를 상태였다.

"……이거, 굉장하군요. 발동한 지 몇 초도 안 돼 완전히 풍경과 일체화했습니다."

아리아가 당황했다.

"보이지만 않을 뿐이라 목소리가 새어 나가고 기척도 안 사라지지만요. 단순히 시각 정보만 끊는 환술입니다. 거칠게 움직이면 투명화가 풀리고 몸을 덮은 공기막에 뭔가 닿으면 공간이 흔들려서 투명화에 지장이 생겨요. 마력을 가시화할 수 있는 사람은 알아차리고요. 그래서 과신은 금물입니다만…….”

리오는 투명화 정령술의 단점을 나열했다. 정령의 영체처럼 이 세상에서 물질적으로 사라지는 게 아니라 전투 중에 쓰기도 어려웠다. 마력을 가시화하는 정령술사를 상대하면 기껏해야 어린애 속임수에 지나지 않은 기술이었다.

“그래도 충분하고도 남을 정도로 실용성 있다고 생각합니다. 아주 가까워지지 않으면 기척으로 알아차리기도 어려워 보이고. 모르는 사람에게는 완벽한 함정입니다. 덕분에 이렇게 당당하게 탈출도 했고요.”

아리아가 감탄하며 목을 울렸다.

그때였다.

쾅 하는 굉음이 원수관저와 청사가 있는 쪽에서 울려 퍼졌다. 그것도 여러 번에 걸쳐서.

「미안해, 하루토. 누군가 투명화 정령술을 간파했어.」

그 직후, 리오에게 아이시아의 염화가 도착했다.

리오가 아리아에게 투명화 정령술을 보여주기 조금 전의 일이다. 아이시아는 리제롯테를 데리고 당당하게 저택을 걸었다.

‘……정말 안 보이는구나. 대단해.’

건물을 순찰하는 병사들과 몇 번 마주쳤지만, 누구도 두 사람을 눈치채지 못했다.

문제가 있다면 리제롯테의 방 앞에 있던 감시병이 없어진 걸 보고 누가 방을 확인하면 탈주를 들킨다는 것이었다.

저택을 이동하는 동안 리제롯테의 탈출을 알아차린 사람은 없었는지 저택을 돌아다니는 사람들이 서두르는 기색도 없었다.

그러나 문제는 현관에서 저택 밖으로 나갔을 때 일어났다. 중정을 지나 저택 대지를 나가려던 때.

"이봐, 인질이 도망친다! 리제롯테다! 리제롯테 크레티아가 도망친다!"

누군가 소리 질렀다. 아이시아가 투명화 정령술을 풀지 않았는데 말이다. 순간, 아이시아가 날카로운 시선으로 일대를 둘러보았다.

"안을게."

아이시아는 급히 리제롯테를 두 팔로 안아 들었다. 투명화 정령술 효과가 풀린 순간.

"꺅!"

아이시아가 서 있던 위치에 지름 수십 센티미터의 빛이 떨어졌다.

쾅! 굉음이 울려 퍼졌다.

한 발이 아니었다. 짧은 시간 차이를 두고 두 번, 세 번, 네 번, 다섯 번, 짧게 지속해서 떨어졌다. 한 발, 한 발의 위력이 상당했지만, 속도는 고만고만했다.

아이시아는 리제롯테를 안고 가벼운 발걸음으로 여유롭게 피했다. 공격이 어딘가에 맞을 때마다 굉음이 울려 퍼지고 지면이 움푹 파였다. 아이시아는 이어지는 공격을 경계하며 상공을 쳐다보았지만, 당장 공격이 쏟아지지는 않았다.

그러나 일련의 공격으로 도시에 굉음이 울려 퍼졌다. 당연히 주변에 있는 경비 인원이 상황 변화를 알아차리고 당장 몰려올 터였다.

「미안해, 하루토. 누군가 투명화 정령술을 간파했어.」

아이시아는 즉시 리오에게 보고했다.

「그럼 플랜B로 가자. 리제롯테 씨의 안전을 우선하며 날아서 피해. 우리도 하늘에서 엄호할게.」

리오가 재빨리 지시했다.

"리제롯테, 플랜B로 변경됐어."

"프, 플랜, B?"

처음 듣는데요……, 라며 리제롯테가 당황했다.

"갈게."

아이시아는 지면을 박차고 뛰어올라 그대로 고도를 높였다. 마침 경비 인원이 저택 안과 대지 밖에서 우르르 몰려오던 참이었다. 에리카와 안드레이, 나탈리아도 있었다.

"잠……깐, 어? 어어어?"

약 몇 미터는 도약했다. 어딘가를 향해 도약한 게 아니라 리제롯테는 이런 곳에서 도약하는 이유를 몰라서 놀랐다. 그리고 이어서 중력을 따라 내려갈 줄 알았는데 쑥쑥 떠오르는 느낌에 당황했다.

쉽게 놀라지 않기로 했으나 연달아 상식을 초월하니 놀라지 않을 수 없었다.

빛의 탄환이 완만한 포물선을 그리며 아이시아의 머리 위로 날아왔다. 이번에는 조금 전보다 크기가 작은 대신 속도와 개수가 늘었다.

"……!"

아이시아는 급히 고도를 낮춰 쇄도하는 공격을 피했다. 계속 고도를 높였더라면 당할 뻔했다.

그 직후, 또 공격이 쏟아졌다. 이번에는 밀어내려는 듯 머리 위가 아닌 즉시 아이시아를 향해 날아왔다. 명백히 계산적으로 아이시아를 제어하려는 공격이었다.

"꽉 잡아."

"네, 네!"

리제롯테가 고개를 끄덕이기도 전에 아이시아는 지그재그로 날아 공격을 피했다. 그러나 피하는 동안에도 새로운 공격이 날아와 끝이 없었다.

「하루토, 내가 고도를 유지하지 못하게 거리를 두고 제압 사격하는 적이 있어. 실력 있는 정령술사 같아. 아마 투명화 정령술을 간파한 인간일 거야.」

아이시아는 공격을 피하며 리오에게 연락했다. 아이시아 혼자라면 모를까 리제롯테를 안은 상태로는 속도와 방향 전환에 제약이 생겨 힘들었다.

「알았어.」

"안 놓칩니다."

리오의 대답이 끝나자마자 성녀 에리카가 5미터 높이로 저공 비행하는 아이시아를 향해 지상에서 힘차게 날아올랐다. 리제롯테를 안은 아이시아까지 석장으로 내리치듯 밀어서 억지로 지면으로 떨어뜨릴 생각으로 보였다.

「우리도 도착했어.」

리오의 목소리가 아이시아의 머릿속에 들린 순간, 누군가가 성녀 에리카의 머리 위로 힘차게 뛰어내렸다. 아리아다.

"윽?!"

에리카가 그림자를 알아차리고 석장을 급히 위쪽으로 고쳐잡은 순간, 아리아가 사정없이 검을 내리쳤다.

"하아앗!"

아리아는 낙하 운동 에너지와 신체 강화로 끌어올린 힘을 실어 힘차게 마검을 휘둘렀다.

"크……!"

뒤늦게 공격을 막은 에리카의 몸이 지면에 세차게 부딪혔다. 능숙하게 착지하지도, 낙법을 취하지도 못하고 거칠게 튕긴 뒤 데굴데굴 바닥을 굴렀다. 아리아가 이어서 지면에 가볍게 착지했다.

한편, 리오는 아이시아 곁으로 내려와 폭풍을 두른 검을 휘둘러 마침 아이시아를 향해 접근하던 빛의 비를 벴다.

'아리아……. 하루토 님!'

리제롯테는 감격하며 두 사람을 번갈아 보았다.

「아이시아, 또 작전 변경이야. 여기는 나와 아리아 씨가 맡을게. 아이시아는 이대로 날아서 도시 밖으로 가. 제압 사격은 걱정하지 마. 내가 막을게.」

리오는 말이 끝나기 무섭게 자기 시야에 방해되지 않는 범위 내에 수십 개에 이르는 빛의 탄환을 펼쳤다. 각각의 지름은 10센티미터가 안 되는 야구공 크기였다.

「응.」

아이시아는 고개를 끄덕이고 왕도 밖을 향해 속도를 올렸다.

"노, 놓치면 안 됩니다! 쫓아! 쫓으세요! 누가 에리카 님을 구조……!"

일련의 상황을 목격하고 넋이 나갔던 안드레이가 퍼뜩 정신을 차리고 근처에 있던 경비병들에게 지시했다.

"……괜찮아요. 제가 이 정도로 쓰러지는 일은 절대 없습니다."

에리카는 느릿느릿 일어나 소리쳐서 자신이 무사함을 과시했다. 딱히 피해는 없는지 옷에 묻은 먼지를 성가시다는 듯 손으로 탁탁 쳐냈다.

"에리카 님!" "아아, 에리카 님!"

그 모습을 본 국민들이 감격하며 그 이름을 입에 담았다. 에리카는 대답하듯 석장을 하늘 높이 치켜들었다.

'……그렇게 거칠게 떨어지고도 멀쩡하잖아? 아리아 씨 말처럼 터프하네.'

리오는 아래에 있는 에리카를 힐끗 눈에 담고 숨을 삼켰다.

"누가 이런 소란을 일으켰나 했더니 당신이었습니까. 그리고 위에 있는 사람도 가르아크 성에 있던 소년이군요. 뒤따라왔나 보죠?"

에리카가 맞은편에 서 있는 아리아와 머리 위에 떠 있는 리오를 번갈아 보고 귀찮은 한숨을 내쉬었다.

"성녀는 제게 맡겨주십시오!"

아리아가 위에 있는 리오에게 외쳤다. 리오는 지상과 상공 둘 다 대응할 수 있으니 경계를 맡아달라는 의도도 있지만, 아망드에서 있었던 일로 에리카에게 심상치 않은 감정을 품었다. 그 눈에서 상황에 따라 에리카의 목숨을 빼앗는 것도 거리끼지 않겠다는 의지와 각오가 엿보였다.

"……알겠습니다. 아무도 방해 못 하게 하겠습니다."

지상에 있는 병사에게, 숨어서 지원 사격하는 정령술사에게. 리오는 예리한 눈으로 일대에 의식을 집중했다.

"이들은 리제롯테 크레티아를 탈환하러 온 가르아크 왕국 왕후 귀족의 앞잡이입니다! 제가 천벌을 내리겠습니다!"

선언한 에리카가 석장을 들고 아리아를 향해 돌진했다. 동시에 아리아도 앞으로 발을 내디디며 에리카와 거리를 좁혔다.

공격 범위에 들어가자마자 서로의 무기를 휘둘러 격렬

한 공방을 펼쳤다. 힘은 에리카가 위지만, 아리아는 탁월한 발놀림과 전투기술로 맞섰다.

'……성녀 에리카의 신체 강화는 상당히 강하지만, 들은 대로 몸놀림은 미숙해. 누가 방해하지 않으면 시간상 아리아 씨가 이긴다.'

리오는 에리카를 관찰하고 아리아에게 맡겨도 문제없겠다고 판단했다.

"에, 에리카 님을 엄호하세요! 저 괘씸한 여자를 잡아요!"

머릿수로 아리아를 방해하려는지 안드레이가 병사들에게 명령했다.

"우오오오오오오오오오!"

병사들이 사방팔방에서 일제히 아리아를 향해 돌진했다. 이러면 뒤엉켜서 지저분한 혼전 양상이 펼쳐진다.

리오는 그것을 예견하고 주위에 펼친 빛의 탄환을 상공 10미터 높이에서 일대로 흩뿌렸다. 안 좋은 곳을 맞지 않는 한, 인간을 죽일 정도의 위력은 아니었다.

"크억!" "으아악!"

그러나 제대로 맞으면 성인 남성이 몇 미터는 날아가 나뒹굴 정도의 위력은 있었다. 빛의 탄환은 한 발도 빗나가지 않고 정확하게 병사들의 의식을 빼앗았다. 몇 초도 안 되는 시간에 십여 명이 넘는 병사들이 바닥에 쓰러졌다.

"히익……!"

아직 건재한 병사도 많지만, 하늘에서 쏟아진 빛이 아군을 속속 날려버리는 광경을 보고 겁을 먹었다.

아리아에게 접근하면 리오가 노린다는 걸 알았는지 발이 멈췄다. 마침 리오가 부족한 탄을 보충하는 상황과 맞물려 효과적으로 병사들의 전의를 꺾었다.

"뭐, 뭐 하는 겁니까?! 싸우세요! 저기 있는 괘씸한 여자에게 가까이 갈 수 없다면 날고 있는 저 남자를 노리세요. 활을, 마법을 쏘세요!"

안드레이가 주위에 있는 병사들을 비난하며 새로 지시를 내렸다.

"큭……!" "《아이시클 샷》."

원거리 공격 수단이 있는 몇 명이 리오를 향해 활을 쏘고 주문을 외워 하급 공격 마법을 발동했다.

리오는 공중에서 몸을 회전해 지상을 360도 둘러봤다. 여기저기서 공격이 날아오는 것을 확인하고 펼쳐놓은 빛의 탄환을 일제히 움직였다.

그러자 빛의 탄환이 의지가 있는 것처럼 변칙적으로 움직여 접근하는 공격 마법과 활을 요격했다. 그리고 공격한 사람들 쪽으로 반격용 빛의 탄환을 유도해 의식을 빼앗는 것도 잊지 않았다.

"뭐, 뭐야, 저 남자는……."

"어떻게 사람이 하늘을 날아……?"

"저 둥근 빛은 뭐야?"

일대의 제공권은 리오가 장악했다. 그것을 깨달았는지

지상에 있는 병사들의 전의가 이번에야말로 완전히 사라졌다.

"이럴 수가, 우리는 그저 보는 것밖에 못 한단 말입니까……?"

안드레이는 절망에 차서 무릎을 꿇었다.

아무도 방해하지 않자 아리아와 에리카의 전투도 계속 거칠어졌다. 신체 능력은 에리카가 위지만, 밀어붙이는 사람은 아리아였다. 뛰어난 전투 경험으로 앞뒤로 능수능란하게 공격하는 전투방식을 관철했다.

형세는 완전히 리오와 아리아에게 기울었다. 계속 싸우면 몇 분도 안 돼 승부가 날 수 있었다. 그러나 어떻게 된 일인지 성녀는 아직 신장으로 신체 강화밖에 걸지 않았다. 어떤 힘이 있는지 미지수였다.

'……이상해. 이렇게까지 제공권을 확보했는데 아이시아를 공격한 인물의 지원 사격이 없어.'

아이시아가 리제롯테를 안고 도망치려던 때와 다르게 공중 공격이 멈췄다. 처음부터 모습을 보이지 않은 수수께끼의 정령술사를 가장 경계하며 공중에 포진했건만, 리오는 미심쩍었다.

"……역시 여기서는 제가 불리하네요. 마음껏 싸울 수가 없어요."

지상에서는 갑자기 에리카가 걸음을 멈췄다.

"……패배를 인정하지 않는 겁니까?"

아리아도 경계하며 일단 걸음을 멈췄다.

“힘을 제대로 쓸 수가 있어야죠. 지켜야 하는 국민이 주위에 쓰러져서 고통에 힘겨워하고 있습니다. 이 상황에 제가 힘을 쓰면 필연적으로 저들이 휘말려 죽을 수도 있어요. 상공에 있는 저 소년은 신사적으로 보여도 쓰는 수법은 지저분하군요.”

에리카가 위를 쳐다보며 리오를 비판했다.

「아이시아, 그쪽 상황은? 뭐 이상한 건 없어?」

리오가 에리카의 말을 무시하고 아이시아에게 상황을 물었다.

「지금은 없어. 도시 남쪽, 간신히 교신할 수 있는 거리까지 멀어졌어.」

즉, 리오가 있는 곳에서 1킬로미터 정도 남쪽에 있다는 말이었다. 도시를 벗어나 조금 나아간 정도였다.

「……알았어. 아이시아의 도주를 방해한 정령술사의 공격이 싹 사라졌어. 그쪽으로 갔는지도 몰라. 주의해. 우리도 이제 물러날게.」

「알았어.」

교신을 끝냈다.

“제가 없는 것처럼 행동하다니, 차가운 남자네요.”

에리카가 한탄하며 리오를 올려다보았다.

“우리가 오기 전에 도주를 방해한 인물이 안 보입니다. 안 좋은 예감이 드네요. 그만 후퇴하죠.”

리오는 이번에도 에리카의 말에 대답하지 않고 밑에 있는 아리아에게 퇴각하자고 말했다.

"……분부대로."

아리아가 대답했다. 성녀 에리카 토벌과 리제롯테의 안전 확보 중 우선해야 하는 쪽은 후자였다. 에리카 아무리 미워도 그것을 잊으면 안 됐다. 아리아는 냉정을 잃지 않았다.

"어머? 적진에서 이렇게 난리를 쳐놓고 도망칠 수 있을 것 같습니까?"

에리카가 석장을 들고 호전적인 미소를 지었다.

"우리나라에 먼저 똑같은 짓을 한 건 그쪽입니다. 비난받을 이유가 없습니다."

"후후후……."

아리아가 곧바로 에리카를 비난했다. 그리고 검을 들어 일촉즉발인 에리카를 견제했다.

리오는 아리아를 에워싸듯이 지면을 향해 원뿔 모양으로 전개한 빛의 탄환을 일제히 발사했다. 빛의 벽이 아리아와 에리카를 일시적으로 갈라놓았다. 리오는 그 틈에 원뿔 내부 지면으로 내려가 아리아를 안아 들었다.

"가죠."

그리고 다시 하늘로 날아올랐다.

상공 십여 미터까지 올라갔다.

'……역시나 도주를 방해하는 공격은 없군.'

아이시아도 연락하지 않았다. 왜지? 리오는 이유를 생각하면서도 아이시아 쪽과 합류를 서둘렀다.

'역시 주위에 국민이 있으니 별 힘을 못 쓰는군요. 그나저나 도시 밖으로 나가면 방도가 없을 텐데 여기서 성녀가 어떻게 움직일는지…….'

한편, 레이스는 높은 하늘에서 그들의 다음 행동을 지켜보고 있었다.

한편, 리오 일행이 떠난 직후 원수관저 정원에는 암담한 분위기가 감돌았다.

정원에 있는 모두가 절망을 맛봤다. 그것은 혁명 내내 승리만 해온 그들이 처음 맛보는 패배라는 이름의 독이었다.

오늘, 그들은 처음으로 패배를 겪었다. 신성 에리카 민주공화국은 처음부터 실전경험이 압도적으로 부족했다. 혁명 시 발생한 전투 대부분은 에리카의 힘으로 쟁취할 수 없는 승리를 낚아챈 것이니까.

따라서 다른 나라보다 병사 숙련도가 낮았다. 상대가 너무 좋지 않기도 했지만, 이번 전투에서 여실히 드러났다. 너무나 조악했다. 무력했다.

"아아, 아아, 에리카 님! 죄송합니다, 죄송합니다! 저희는, 저희는 무력했습니다! 당신 홀로 싸우게 하고, 저희는,

아무것도 못 했습니다!"

절망이라는 이름의 오물이 입으로 쏟아져 들어와 이성을 잃었는지 안드레이가 격렬히 회개하며 에리카에게 사죄했다.

"괜찮아요. 안드레이. 그리고 여러분. 여러분은 잘 싸워줬습니다."

에리카는 성모처럼 상냥하게 웃으며 고개를 저었다.

"에리카 님!" "에리카 님!" "에리카 님!"

구원을 바라듯 모두가 입을 모아 에리카를 불렀다.

"……리제롯테 크레티아는 역시 마녀예요! 마녀입니다! 그 여자가 우리나라에 불행을 가져왔어요! 그 여자는 재난의 상징입니다!"

안드레이가 상대방을 저주해 죽일 듯한 얼굴로 리제롯테를 악한 존재라고 단정했다.

"죄송합니다. 리제롯테 씨를 우리나라로 데려온 건 저예요. 전부 제 판단 착오예요."

에리카가 자신의 잘못을 인정하고 가련한 표정을 지었다.

"아뇨! 아닙니다! 누가 알겠습니까! 상냥한 성녀처럼 구는 마녀의 본성을 누가 알겠습니까! 민중에 동조하며 듣기 좋은 말을 늘어놔 우리 마음의 빈틈을 파고들려고 했어요! 그 여자는 교활합니다!"

에리카는 잘못 없다고 안드레이가 리제롯테를 깎아내리며 주장했다.

"……오늘 나타난 그들의 힘이야말로 대국의 악한 왕후 귀족이 가진 권력입니다. 우리가 혁명으로 쓰러뜨린 악은 작은 존재에 지나지 않았던 겁니다. 세상에 저런 대국이 있는 한, 우리나라는 항상 위협당한다고 생각하세요."

"아아, 아아! 저희는, 저희는 정말 무지했습니다……! 이 얼마나 어리석을 정도로 무지했단 말입니까!"

"우쭐하면 안 됩니다, 안드레이. 제가 늘 말하잖아요. 인간은 정말 어리석은 생물이라고."

"……정말, 정말로, 우리는 어리석었어요. 이 얼마나, 어리석었는지……."

퍼뜩 놀란 안드레이가 더 회개하는 표정을 지었다.

"하지만 잊어도 안 됩니다. 인간은 절망으로만 자신의 본질과 마주할 수 있으니까요. 마주하세요! 도망치지 말고 깨달으세요! 자신이라는 인간을. 절망을 겪고 남은 자기 생각을. 그리고 그 생각을 양식으로 앞으로 나아가는 겁니다! 여러분은 아직 앞으로 나아갈 의지가 있습니까? 대륙의 왕정을 철폐하지 않고 민중의 전진은 불가능해요. 그걸 뼈저리게 알았을 겁니다. 그래도 바랍니까?! 민중을 위한 세상을 만들고 싶습니까?!"

에리카가 경청하는 이들의 마음을 고무하듯 석장을 높이 들고 물었다.

"저, 전진하고 싶어!" "전진하고 싶습니다!" "하지만 어떻게 해야?!" "저희에게 그럴 힘이 있습니까?!"

에리카의 말을 듣던 사람들이 외쳤다.

"있습니다! 저는 그들에게 이렇게 말했습니다. 적진에서 이렇게 난리를 쳐놓고 도망칠 수 있을 것 같냐고요. 안심하세요. 여러분에게는 제가 있습니다! 믿어주시겠습니까? 저를, 지금까지 제가 일으킨 기적을!"

"물론." "물론입니다!" "믿습니다!" "믿어요!" "믿는다!"

목소리는 이윽고 활기로 변했다.

"그렇다면 저는 오늘 여러분에게 새로운 기적을 보여드리겠습니다! 이 힘은 대국을 공격할 때까지 쓰지 않으려고 했지만, 어쩔 수 없죠. 그 대국이, 우리나라의 영토를 흙발로 짓밟았으니까요!"

에리카가 오른손으로 석장을 쥔 채 힘차게 두 팔을 펼치고 하늘을 우러러보았다.

"약자를, 민중을, 이 나라를 지키는! 민중을 지키고 악을 심판하는 최강의 신수로서, 수호수를! 지금이야말로 심판의 시간입니다! 자, 오세요! 대지의 야수여!"

그 순간, 구름이 뒤덮이듯 거대한 그림자가 정원을 덮쳤다.

【 제 6 장 】 ❈ 대지의 야수

마침 리오가 아리아를 안고 수도 에리카부르크 상공을 빠져나왔을 때였다. 수도 남쪽에 펼쳐진 광야의 바위 그늘에 숨은 아이시아와 리제롯테를 보고 고도를 낮추려던 그때.

"윽?!"

리오는 뒤에서 이상하다는 말로도 형용할 수 없는 마력 공명을 느꼈다. 황급히 수도를 돌아보자—.

"뭐야, 저건……."

"무슨……."

리오와 아리아는 할 말을 잃었다.

"……."

지상에서도 보이는 모양이었다.

리제롯테는 숨을 삼키고 몸을 움츠렸다.

아이시아는 무서운 표정으로 그것을 노려보았다.

그곳에는—.

지금까지 리오가 쓰러뜨리고 본 것 중 가장 거대한 생물인 블랙와이번이 작아 보일 정도로 거구를 자랑하는 네발 짐승이 있었다.

그것은 지름 1백 미터를 훨씬 넘는 공간에 마치 정령이 그러하듯 어디선가 모인 빛으로 모습을 갖췄다.

아주 비슷하지는 않지만, 성난 싸움소가 떠올랐다. 외피는 바위로 뒤덮은 듯 단단했고 엉덩이에는 사나운 뱀 같은 얼굴을 가진 세 갈래 꼬리가 꿈틀거렸다. 상식을 초월했다고 할까, 환수라고 표현해야 하나.

높은 상공에 나타난 네발짐승은 그대로 공중에 떠서 1킬로미터 앞에서 비행하는 리오와 아리아를 보았다. 그 눈에는 분노라는 표현이 약해 보일 정도로 증오가 담겨있었다.

"오오오오오오오오오오오오오오오오오!"

온 나라를 뒤흔들 듯한 고성이 대기를 흔들었다.

「……하루토!」

평소와 다르게 급한 아이시아의 목소리가 들렸다.

「응, 저건 위험해!」

리오는 응답하며 아래에 있는 일행 쪽으로 급히 내려갔다.

"도망치세요!"

그리고 검을 뽑아 어떻게 보이든 개의치 않고 초조한 얼굴로 세 사람에게 지시했다.

한편, 수도 에리카부르크 상공.

네발짐승이 작아 보일 정도의 높이에서.

'……실로 천 년만의 포효로군요.'

레이스도 네발짐승의 현현을 목격했다.

'역시 성녀는 각성했습니다. 즉 한 번은 초월자 영역에

발을 들일 권리를 획득했다는 것.'
눈빛이 몹시 사나웠다.
'설마 이번 전투로 그렇게 되지는 않겠지만…… 이렇게 된 이상 검은 기사가 신수를 상대로 얼마나 싸울 수 있을지 지켜보도록 하죠.'
그 직후, 전투가 시작되었다.

"도망치세요!"
리오가 지시한 순간 네발짐승이, 아니, 에리카가 말하는 대지의 야수가 지상에 선 리오 일행을 노려봤다.
야수의 입에 강력한 마력 포탄이 떠올랐다. 크기는 지름 30미터, 상당한 마력을 응축했다.
'위험해!'
리오는 즉시 검에 마력을 흘려보냈다.
야수가 마력 포탄을 발사했다.
"윽……!"
정신을 차리고 보니 포탄이 눈앞까지 날아온 광경이 펼쳐지자 리제롯테는 그저 떨기만 했다. 반응조차 하지 못했다. 아리아는 리제롯테는 보호하듯 서둘러 끌어안았다.
"괜찮아."
아이시아의 말과 동시에 리오가 검을 휘둘렀다. 검에는

응축된 태풍 같은 바람을 실었다.

"읏!"

왼쪽 아래에서 오른쪽 위로 휘둘러 해방한 폭풍이 마력 포탄을 벴다. 맞받아치기는 부족했지만, 포탄의 궤도를 바꿨다.

궤도가 바뀐 포탄은 리오 일행 뒤쪽 몇백 미터 황무지에 떨어졌고 엄청난 폭발음과 충격파가 일어났다. 충격은 가라앉을 줄 몰랐고 태풍 같은 바람이 리오 일행이 서 있는 위치까지 불어닥쳤다.

"꺄……!"

리제롯테가 휘청거리자 아리아가 부축했다. 리오는 폭심지에서 부서진 대지 파편이 날아오는 것을 보았다.

"내가 막을게."

아이시아가 대신 바람 장벽을 펼쳐 날아오는 바위 궤도를 바꿨다.

그러자 야수가 몸체와 어울리지 않는 속도로 도시 밖으로 날기 시작했다.

야수는 곧바로 리오 일행 쪽으로 오지 않고 오른쪽 전방으로 날아가 리오 일행과 1킬로미터 정도 거리를 뒀다. 그 동안, 고작 몇 초. 거구의 야수가 엄청난 속도로 이동해 대기가 흔들릴 정도의 바람이 몰아쳤다. 지상에 피어오른 흙먼지를 아이시아가 바람 장벽으로 막았다.

'장소를 바꿨어. 왜지?'

리오는 위치를 바꾼 야수의 의도를 알 수 없어 의아했다.

추측할만한 정보도 없는데 대지의 야수가 다시 크게 입을 벌렸다.

그리고 다시 방대한 마력을 모았다. 심지어 첫 번째 공격보다 마력을 더 모으는 게 보였다.

'저 마력량, 엄청난 공격이겠어…….'

리오는 섣불리 행동하면 일행을 지키지 못한다고 판단했다.

"내가 이번 공격을 막으면 아이시아는 두 사람을 안고 남쪽으로! 안전한 곳까지 피해!"

유례없을 만큼 초조하게 외쳤다. 동시에 야수의 공격에 맞서기 위해 마력을 끌어모았다.

리오가 전력으로 마력을 모으자 인간족에게선 볼 수 없는 순수한 마력이 모이기 시작했다.

'……막을 수, 있을까?!'

그러나 확신이 없었다. 그 정도로 야수가 모은 마력은 막대했다. 자신이 저 정도로 마력을 모을 수 있을지 리오는 자신이 없었다.

"이건……!"

리오의 몸에서 흘러넘치는 순수한 마력의 빛을 보고 리제롯테와 아리아가 놀랐다.

"하루토, 이번 공격은 나도 같이 막을게."

아이시아가 리오 뒤에서 말했다.

"……알았어. 그럼 마력을 최대한 써줘. 처음은 내가, 아이시아는 마력이 충분히 모이면 언제든지 공격해."

리오가 돌아보지 않고 말했다.

"알았어."

아이시아는 고개를 끄덕이고 뒤에서 리오를 다정하게 끌어안았다.

"……."

리제롯테와 아리아는 멍하니 그 모습을 지켜보았다.

패스를 통해 리오의 몸에 잠든 마력이 아이시아에게 직통으로 이동했다. 아이시아의 몸에서도 인간의 눈에 보일 정도의 마력이 흘러넘쳤다.

두 사람이 극한까지 마력을 모으자 대지의 야수도 준비를 마쳤다.

"괜찮아, 하루토는 모두를 지킬 수 있어."

아이시아가 상냥하게 타이르듯이 리오의 귓가에 속삭였다.

"……고마워."

놀란 리오의 표정에 살짝 자신감이 돌아왔다. 아이시아는 리오에게 방해되지 않게 한발 물러나며 포옹을 풀었다.

"크아아아아아아아아아아아아!"

새된 비명 같은 소리가 대기를 흔들었다.

대지의 야수의 입에서 순수한 파괴 에너지가 방출됐다. 닿은 모든 물질을 티끌 하나 남기지 않고 소멸시킬 정도의 에너지.

"하아앗!"

리오도 순수한 파괴 에너지를 방출해 상쇄를 시도했다. 파괴 광선과 파괴 광선이 도시 근교 상공에 충돌했다.

"무, 슨……."

아리아는 리제롯테를 끌어안은 채 자리를 지키고자 신체 강화한 몸으로 버텼다.

"……호, 호각?"

리제롯테는 살그머니 눈을 뜨고 무슨 일이 일어나고 있는지 확인하려고 했다. 그러나 무슨 일이 일어나는지 전혀 알 수 없었다.

빛과 빛의 충돌로 시야가 새하얘졌다. 죽지 않았으니 대항했다는 건 알았지만…….

"모르겠습니다. 이래서는. 윽……!"

아리아도 무슨 일이 일어나는지 몰랐다. 떠밀려 날아가지 않게 버티는 게 최선이었다.

"으, 응, 믿는 수밖에 없어!"

리제롯테는 기도하듯 눈을 감고 아리아를 부둥켜안았다.

지금 상황은 말하자면 밀어내기였다. 즉, 발동한 공격을 더 오래 유지하는 쪽이 이겼다.

아무리 리오의 몸에 막대한 마력이 잠들어 있어도 정령술을 발동하거나 발동 중인 정령술을 유지하려면 마력을 모아 밖으로 방출하는 작업이 필요했다. 이 정도 규모의 정령술을 오랜 시간 발동하는 건 리오도 힘들었다. 제한 시간이 시시각각 다가왔다.

그러나 이곳에는 리오만 있는 게 아니었다.

"내 마력도 충분히 모였어. 밀어내자, 하루토."

아이시아의 목소리가 들렸다. 아이시아는 리오 옆에 서서 모은 에너지를 방출했다. 옆에서 보면 대지의 야수가 쏜 광선이 리오의 공격을 살짝 밀어내고 있었다.

리오와 아이시아. 두 사람의 공격 에너지가 모이자 우열이 단번에 기울었다. 대지의 야수가 쏜 광선이 순식간에 밀려났다.

"아아아아?!"

이윽고 두 사람의 정령술이 대지의 야수를 휩쓸었다.

"지금이야!"

리오가 외쳤다.

"응!"

아이시아는 몸을 돌려 리제롯테와 아리아를 안았다. 그리고 바람의 정령술로 단번에 가속했다.

"읏!" "윽……!"

마검으로 육체를 강화한 아리아는 몰라도 맨몸인 리제롯테에게는 인간이 견디기 힘든 중력이 실렸다.

그러나 그만한 속도를 내야 했다. 아직 리오가 포격을 유지하는 사이에 아이시아는 리제롯테와 아리아를 안고 단번에 장소를 벗어났다.

◇ ◇ ◇

한편, 도시 내부에서는 리오와 대지의 야수가 펼치는 마력포 경쟁을 관찰할 수 있었다.

도시 외벽과 떨어져 있지만, 지름 수십 미터가 넘는 빛의 포격들이 부딪쳐 발생한 열기를 담은 강풍이 도시까지 불어닥쳤다.

"오, 오오……!"

원수관저 정원에 모인 사람들은 이 세상 것 같지 않은 상상을 초월한 광경에 할 말을 잃었다.

'……이게 대체 어떻게 된 거죠? 왜, 신수가 밀리는 겁니까? 신수를 막을 수 있는 인간은 없을 텐데. **이야기가 다르지 않습니까**.'

에리카도 예상하지 못한 사태가 벌어졌는지 많이 놀랐다. 참고로 신수는 에리카가 말하는 대지의 야수의 별명이다.

첫 공격에 끝낼 줄 알았다. 그러려고 불렀다. 그런데 더 강한 두 번째 공격이 필요해졌다. 이번에야말로 끝날 줄 알았는데 어떻게 된 일인지 힘겨루기에 들어갔다.

에리카의 예상대로라면 지금쯤 이 정원은 강적을 심판하고 환희에 차 있어야 했다.

'……이게 저 소년의, 대국의 힘입니까? 역시나 예상 밖이군요. 대국에는 저런 공격이 가능한 자가 몇 명이나 있다고?'

만약 몇 명이나 있다면?

'앞으로 내가 일방적으로 이기기 어려운 상황이 생길지도 몰라. 역시 용사인가? 그래서 나와 동등한 힘이 있는 거야? 그렇다면 내 계획에 차질이 생길 수도 있어.'

온갖 의문이 에리카의 머릿속을 스쳤다.

"확인해야겠어요."

에리카는 중얼거리고 저택 대지 문으로 걸어갔다.

"기, 기다려주세요, 에리카 님!"

그러자 안드레이가 퍼뜩 정신을 차리고 황급히 불러세웠다.

"……뭡니까? 안드레이."

"어디 가십니까?"

"제 눈으로 직접, 전투를 보고 오겠습니다."

에리카가 말한 순간.

"아, 아아아!"

정원에 우두커니 서 있던 이들이 절망스러운 소리를 뱉었다. 리오와 아이시아가 쏜 빛의 포격이 대지의 야수를 집어삼켰다.

"으아아!" "히익!" "우, 우리의 수호수가!" "이제 끝장이다!"

모두 두려움에 몸을 웅크리고 공포에 질려 비명을 내질렀다. 수호수가 졌다고 생각했는지 의욕을 잃었다.

"여러분, 진정하세요! 저를, 제가 일으킨 기적을 안 믿는 겁니까?!"

에리카가 석장 끝으로 바닥을 내리치며 소리쳤다. 모두

소란을 멈추고 에리카를 보았다.

"하, 하지만, 신수가, 대지의 야수가……."

안드레이가 대표로 말했다. 창백한 얼굴로 신수가 있던 곳으로 눈길을 향했다. 리오가 쏜 빛의 포탄은 사라지고 엄청난 흙먼지가 피어올라 시야가 차단됐다.

"괜찮아요. 우리의 수호수는 저 정도로 지지 않습니다."

에리카가 딱 잘라 말하고 이런 말을 이어서 했다.

"……솔직히 대국의 힘을 잘못 봤습니다. 그래서 보러 가는 겁니다. 어쩌면 제가 직접 심판해야 할지도 몰라요. 말리지 마세요."

"그, 그렇다면 저도!"

안드레이가 떠나려는 에리카를 쫓아가려고 했다.

"안드레이, 당신은 재상입니다. 저 대신 도시를 수습하세요. 저를 따라오는 거보다 할 수 있는 일이 많을 겁니다."

"읏…… 알겠습니다."

에리카가 타이르자 안드레이는 입술을 깨물고 분한 듯 고개를 끄덕였다.

"그, 그럼 안드레이 님 대신 제가 가겠습니다!"

그러자 나탈리아가 결연하게 말했다.

"……목숨이 위험할지도 몰라요. 괜찮겠습니까?"

에리카가 깊은 한숨을 내쉬고 나탈리아에게 물었다.

"괜찮습니다! 여차하면 이 목숨, 에리카 님께 바칠 생각으로 살고 있습니다. 지금 여기서 싸우지 않으면 언제 싸우겠습니까?"

나탈리아는 두려워하지 않고 에리카에게 따라가 싸울 뜻을 과시했다.

"그, 그래!" "저도 가겠습니다!" "나도!" "나도 간다!" "따라가게 해주십시오!"

그러자 동의하는 전사들이 나타났다.

"……좋습니다. 시간이 아깝습니다. 신체 능력을 강화하고 따라올 수 있는 사람만 따라오세요. 많아도 열 명. 만약의 상황에는 여러분도 적과 싸워야 합니다. 그럼 제가 먼저 가겠습니다."

에리카는 서두르며 불필요한 대화를 끊고 곧장 달렸다.

"《인챈트 피지컬 어빌리티》."

나탈리아는 팔에 차고 있던 팔찌 마도구로 신체 능력을 올리고 에리카를 뒤쫓았다. 다른 사람도 마찬가지로 주문을 외우고 제각각 에리카를 뒤쫓았다.

아이시아가 리제롯테와 아리아를 안고 도망친 모습을 확인한 리오는 함께 도망치지 않고 대지의 야수가 있는 방향을 날카롭게 응시했다.

왜냐하면—.

'마력이 전혀 약해지지 않았어.'

그렇다. 대지의 야수의 마력이 전혀 약해지지 않은 게 느껴지기 때문이었다. 거대한 흙먼지에 휩싸인 대지의 야수의 공격을 경계하며 다시 마력을 모았다.

'이렇게 쓰러질 존재가 아니야. 이 녀석이 가르아크 왕국으로 가게 해선 안 돼.'

아이시아와 함께 도망칠 수 있었을지도 모르지만, 리오는 이곳에 남아 싸워야만 하는 이유가 있다고 확신했다.

그 순간, 흙먼지 속에서 세 줄기 광선이 발사됐다. 조금 전의 공격보다는 훨씬 약하지만, 대지를 불태우듯 지면을 그었다.

"윽!"

각각의 광선이 리오가 있는 지점을 향해 다가오자 리오는 땅을 박찼다. 바람의 정령술로 속도를 올리고 광선을 피해 대지의 야수에게 접근했다.

야수를 휘감은 흙먼지가 걷혔다.

'멀쩡하군…….'

리오의 긴박하게 얼굴에 그늘을 드리웠다.

야수는 리오가 처음 봤을 때와 똑같은 모습을 유지했다. 뱀 같은 머리가 달린 세 갈래 꼬리에서 세 줄기 광선이 발사됐다. 꼬리는 각기 지능이 있는 것처럼 꿈틀대며 리오를 노렸다.

조금 전 공격을 맞고도 멀쩡한 모습에 정신적 타격이 꽤 컸지만, 리오는 두려워하지 않고 앞으로 돌진했다. 무서웠다. 그렇다고 해서 도망칠 수도 없었다.

리오는 비처럼 쏟아지는 광선을 피하며 야수와 거리를 좁혔다. 지름 수십 미터의 빛의 탄환들을 주위에 전개하고 야수에게 견제용으로 발사했다.

제대로 맞으면 성벽도 분쇄할 위력을 실었지만, 조금 전 공격을 맞고도 멀쩡한 것을 보면 효과가 있을지 의심스러웠다.

'이 정도 공격이 통할 것 같지는 않지만…….'

광선을 쏘는 뱀 꼬리들은 리오가 쏜 빛의 탄환이 접근하는 것을 보고 뿜고 있던 브레스의 궤도를 바꿔 탄환을 벴다.

'공격을 막았어?'

그럼 제대로 맞으면 피해가 있다는 말인가? 순간, 리오는 생각했다.

'……공격당하는 장면을 보고 싶어.'

첫 공격은 규모가 너무 커서 공격당한 상태를 관찰하지 못했다. 흙먼지가 걷히고 멀쩡한 모습으로 나타나 이번 공격은 피해가 없을 줄 알았는데 야수가 방어한 걸 보면 피해가 있겠다는 판단이었을까?

이제 둘의 거리는 1백 미터도 안 됐다. 둘 사이에는 인간이 성을 올려다보는 정도의 크기 차이가 있었다.

야수는 밑에서 접근하는 리오를 뭉개버리려고 높이 쳐든 앞발을 지면으로 힘차게 내리쳤다.

대폭발이라도 일어난 것 같은 소리가 울려 퍼졌다. 착지

점이 크게 솟구치고 충격파가 일었다. 주변 땅이 크게 흔들렸다.

제대로 맞으면 신체 강화를 걸었어도 즉사할 공격이었다.

"……."

리오는 검을 높이 들고 야수의 머리 위로 이동했다. 정령술로 날아 검을 휘둘러 폭풍을 휘감은 공격을 뒤통수에 내리꽂았다.

휘청, 야수가 땅으로 끌려가듯 머리가 고꾸라지며 자세가 무너졌다.

'피해가…… 있나?'

리오는 공격한 곳을 봤다. 뒤통수에 도려낸 것 같은 상처가 있었다. 상처가 순식간에 깨끗하게 아무는 광경도 목격했다. 그래서 유효한 피해인지 판단되지 않았다.

"큭!"

자세가 무너진 머리 대신 세 갈래 꼬리가 리오를 집어삼키려고 덤벼들었다. 리오는 변칙적으로 움직이는 꼬리가 아슬아슬할 때까지 다가오기를 기다렸다가 공중에서 빙글 방향을 틀어 공격을 피했다.

"캬?!"

그리고 세 갈래 꼬리 중 하나에 착지해 칼끝을 피부에 미끄러뜨리며 몸통을 향해 질주했다. 꼬리는 마치 메스로 그은 것처럼 깔끔하게 베였다.

통증을 느끼는지 고통스러운 비명이 들렸다. 그러나 베

기 시작한 곳부터 상처가 아물었다.

그러자 다른 두 꼬리가 리오가 달리는 꼬리를 뜯어 먹으려고 물어뜯었다.

"크악?!"

물어뜯기는 꼬리의 머리가 고통스럽게 몸부림쳤다. 다른 두 꼬리는 입 속에 리오가 있다고 생각하는지 집어삼키려고 거칠게 입을 움직였다.

그러나 리오는 이미 야수의 등 위에 있었다. 그리고 꼬리를 응시하며 특대 파이어볼 두 발을 동료를 씹는 두 꼬리의 머리로 발사했다.

"크아아아아아!"

화염에 휩싸인 두 꼬리는 씹기를 멈추고 세차게 머리를 흔들어 불을 끄려고 했다. 리오는 그 틈에 다시 검에 마력을 실었다.

"하앗!"

바람의 정령술로 급가속해 꼬리 쪽으로 날아갔다. 그리고 수십 미터에 이르는 빛의 참격으로 세 꼬리를 뿌리째 끊었다.

그대로 날아서 그곳을 벗어나 즉시 뒤로 돌아 자른 부위가 어떻게 되는지 확인했다.

'이러면, 읏……?!'

꼬리는 끊어졌다. 그러나 셋 다 건재했다. 각기 몸이 긴 용처럼 날기 시작했다. 심지어 세 갈래, 아니, 세 마리 모두 리오가 공격한 곳이 순식간에 아물었다.

"크……!"

꼬리들은 리오를 향해 입으로 일제히 레이저를 쐈다. 그리고 몸통인 야수도 리오를 쳐다보고 입을 벌려 다섯 줄기의 광선을 발사했다. 꼬리들의 공격과 위력이 같았다.

합계 여덟 개의 광선이 리오를 불태우려고 허공을 갈랐다. 리오는 변칙적으로 궤도를 바꾸며 날아 공격을 피했다.

접근한 채로는 여덟 개의 광선을 피하기 어려워서 일단 멀리 거리를 뒀다. 1킬로미터는 떨어졌지만, 이런 거구를 상대로는 그것도 가깝게 느껴졌다.

'몸통에서 떨어져 자유롭게 돌아다니게 된 만큼 적이 늘었어. 이러면 한도 끝도 없이…….'

일정 규모의 공격이라면 피해를 줄 수 있었다. 그러나 곧바로 회복하기 때문에 피해가 없는 것이나 마찬가지였다.

지금까지는 리오가 일방적으로 피해를 줬지만, 형세가 리오에게 기울었다고 하기는 어려웠다. 호각인지도 의심스러웠다.

'나는 한 번이라도 정통으로 공격당하면 위험해.'

끊임없이 날아오는 여덟 개의 광선이 끊임없이 리오를 공격했지만, 피하는 것만으로도 신경이 소모됐다.

어떡하지?

어떻게 쓰러뜨리지?

'애초에 이 녀석은 뭐야? 갑자기 도시 위에 나타났어. 정령? 하지만 인간형도 아닌데 이렇게 강한 정령이 있나? 성녀가 조종……하는 거지? 땅을 조종하는 능력이 있다고 해서 이런 생물을 만들 수 있나? 아니면 숨겨진 신장의 능력?'

어쩌면 약점이나 유효한 공격 방법이 있지 않을까 싶어 야수의 정체를 생각하고는 있지만, 확신이 없었다.

리오는 광선을 피하며 필사적으로 머리를 굴렸다.

'이 이상하기까지 한 재생 능력도 짐작이 안 가……. 그래도 다시 본체를 공격해볼까? 이번에는 목을 베면…….'

한 가지 생각이 떠올랐다. 근거는 목이 떨어지면 죽지 않는 생물이 없다는 것이었다. 심장도 생물의 약점이지만, 이렇게 몸이 크니 어디에 심장이 있을지 몰랐다. 그러니까 노린다면 목이다. 어쩌면 목을 쳐서 쓰러뜨릴 수 있을지도 몰랐다.

그러기를, 바랐다.

하지만 그러려면 수가 늘어난 여덟 개의 광선을 피해 몸통에 접근해야 했다. 지금 이렇게 거리를 두고 공격을 피하는 것도 힘든데 접근하면 더 신경이 소모될 터였다.

게다가 지금까지의 회복력을 보건대 목을 베도 쓰러뜨릴 수 있을지 확신이 들지 않았다.

'저건…… 성녀?'

성녀 에리카가 수도 정문에서 뛰쳐나오는 게 시야 한쪽에 보였다. 원수관저 정원에서 신장으로 신체 강화를 건 다리 힘으로 도시를 질주했다. 열화 버전인 신체 능력 강화 마술만 쓸 수 있는 나탈리아 일행은 나중에나 도착하겠다.

'이 괴물은 역시 성녀가 조종하는 건가?'

거대한 야수는 도시를 휩쓸어도 이상하지 않은 공격을 해댔지만, 그 공격은 도시에 미치지 않았다.

'만약, 성녀가 조종한다면…….'

리오의 뇌리에 한 가지 생각이 스쳤다. 어쩌면 성녀를 죽이면 이 야수가 사라지지 않을까.

성녀가 이 야수를 조종한다면 가능성은 충분했다. 아니, 거의 확신에 가까운 상황이었다.

이대로라면 점점 리오가 불리해진다. 성녀가 이 야수를 조종할 수 있다면 가르아크 왕국을 공격하게 둘 수도 없었다.

그러니까—.

'해야 해.'

리오는 결심했다. 방향을 바꿔 도시 정문 부근에 서 있는 성녀를 향해 내려갔다.

야수의 공격에 대처할 수 있게 몸속에 마력을 모으는 것도 잊지 않았다. 지금도 공격을 피하며 검에 마력을 모았다.

그때, 야수가 쏜 광선이 하강하는 리오를 피해 위로 빗겨 갔다. 여덟 개가 전부 리오를 공격하지 않았다. 도시가 공격당하는 게 싫다고밖에 안 보이는 사태였다.

'역시, 야수의 공격 방향이 바뀌었어!'

리오의 추측은 거의 기정사실로 바뀌었다.

"……."

한편, 에리카는 기분 나쁜 미소를 지으며 하강하는 리오를 쳐다보았다. 두 사람의 거리는 1킬로미터가 넘지만, 리오는 여덟 개의 광선을 피해 변칙적으로 움직이며 육체의 한계까지 속도를 내고 있었다. 그 속도라면 변칙적인 궤도를 그려도 10초도 안 돼 에리카와 거리를 좁힐 수 있었다.

그러나 신수도 리오가 에리카에게 접근하는 것을 묵묵히 지켜보지만은 않았다. 본체와 세 마리 꼬리가 에리카와 도시를 지키듯 거구에 어울리지 않은 가벼운 발놀림으로 리오의 앞을 막아섰다.

'빨라……!'

신수의 이동 속도는 리오와 동등했다. 1백 미터는 되는 거구가 초고속으로 움직였다. 폭풍이 휘몰아쳤다. 그 방향을 조종했는지 리오를 향해 강력한 역풍이 불어닥쳤다.

그러나 지금이 승부처였다. 신수가 에리카를 지키려고 방해하면 상황은 조금도 호전되지 않는다. 오히려 도시를 등지게 하면 성녀와 신수의 행동을 제한할 수 있었다. 도시에서 리오를 떨어뜨리려고 공격이 거세지면 접근하기 더 어려워질 수밖에 없었다.

따라서 상대가 방어로 돌아선 이 순간이 기회. 리오는 밀어닥치는 폭풍에 간섭하기 위해 정령술을 썼다. 받아치려면 막대한 마력을 소비해야 하는데 신수 본체를 잡아두려고 여분의 마력을 쓸 수는 없었다.

요컨대 비집고 비행할 루트를 확보하면 됐다. 그러니까

그런 이미지를 가지게 자신을 보호하는 바람 결계를 강화했다.

신수에게 접근하는 리오의 속도가 더 빨라졌다. 속도를 내는 만큼 궤도가 직선이 됐지만, 상대가 자리 잡기 전, 그 짧은 틈에 조금이라도 거리를 좁히고 싶었다.

"쿠워어!"

신수의 본체가 다시 광선을 쐈다. 세 마리 꼬리도 본체 근처로 이동해 정면으로 내려오는 리오의 접근을 방해하려고 광선을 토했다.

"읏……!"

리오는 코앞까지 온 여덟 개의 두툼한 광선을 피해 지그재그로 움직였다. 직진도 힘든 속도로 억지로 변칙적인 궤도를 그리자 몸에 큰 부담이 실려 얼굴을 찌푸렸다.

직선적인 급가속만으로도 상당한 G가 걸리는데 곡예적인 궤도를 그리면 더 부담이 가는 게 자명. 그러나 피하지 않으면 즉사였다. 리오는 절대 속도를 줄이지 않고 광선 사이를 누비며 네발짐승의 본체에 접근했다.

리오와 신수 사이가 1백 미터 내로 줄었다. 접근을 시작한 지 이제 고작 3, 4초. 야수의 입에서 발사된 다섯 개의 광선은 리오가 거리를 좁힐수록 한데 모여 하나의 거대한 광선으로 변했고—.

리오를 집어……삼키려는 듯이 보였다.

그러나 리오는 광선에 먹히기 직전, 바람의 정령술로 90

도 직각으로 강제로 궤도를 틀었다.

"으윽……!"

리오의 몸에 이번 전투 중 가장 큰 부담이 실렸다. 그러나 덕분에 공격을 피했다.

야수의 목을 베기 쉬운 곳으로 이동할 수 있는 위치였다. 이제 야수가 반응하기 전에 접근해서—.

"하아아아앗!"

야수의 목덜미에 길이 수십 미터에 이르는 빛의 참격을 날렸다. 이렇게 거대한 적의 목을 베려면 상당량의 마력을 모아야 했다. 따라서 지금까지 모으고 모은 모든 마력을 해방한 공격이었다.

'어떠냐—?!'

리오는 결과를 확인하기 위해 야수에게 집중하며 급히 지상으로 내려가 착지했다. 그리고 야수 뒤에 서 있는 성녀 에리카도 주의했다.

네발짐승이 힘을 잃고 쿵 쓰러졌다. 뒤늦게 공중에 떠 있던 세 마리 꼬리도 힘을 잃고 엄청난 충격을 일으키며 떨어졌다.

'쓰러뜨린, 건가?'

리오는 신수가 주위에 내뿜던 엄청난 마력이 사라진 것을 확인했다.

"……."

무리해서 날아다닌 반동이 밀려왔는지 착지와 동시에

성녀를 공격하려고 했으나 휘청 균형을 잃었다.

하지만 옆에서 누가 급하게 접근하는 걸 느끼고 즉시 검을 고쳐 잡았다. 다가온 사람은 성녀 에리카였다.

"……."

리오는 살짝 얼굴을 찌푸리면서도 에리카의 석장을 막았다.

"……훌륭합니다. 조금, 당신과 이야기하고 싶어서 걸음을 옮겨봤습니다만."

에리카가 리오를 감정하는 눈으로 바라보았다. 그 표정이 사뭇 진지했다.

"이야기하려는 사람의 행동은 아니네요……."

리오가 힘들게 말했다.

"아뇨, 정말로 이야기하고 싶어요. 솔직히 저 야수는 제 비장의 무기거든요."

"그렇겠죠. 이런 괴물이 여러 마리 있으면 곤란합니다."

"그건 제가 할 말이기도 해요. 당신 같은 괴물이 여럿 있으면 저도 계획에 차질이 생길지도 모르니까. 그러니까 확인하고 싶어요."

"……계획?"

"알고 싶습니까? 그럼 정보를 하나 교환하겠어요?"

"……뭘 교환하자고요?"

"제가 알고 싶은 건 단 하나. 당신이 용사일지도 모른다고 생각했지만, 뭐, 이제 그건 아무래도 좋아요. 대국에는 당신 말고도 야수와 혼자 싸울 수 있는 사람이 있습니까?"

"……뭘 가르쳐줄지도 모르는데 대답할 생각 없습니다."

"뭐든 원하는 걸 물어봐요. 계획이든, 야수든. 단, 하나만 교환하는 겁니다. 구체적인 질문에는 구체적으로 대답하지만, 추상적인 질문에는 대답도 추상적일 거예요. 그러니 잘 생각해서 질문하도록 해요."

"……당신이 진실을 대답한다는 보증은?"

"없습니다. 하지만 거짓말하지 않겠다고 약속하죠. 그러니까 당신도 거짓말하지 않겠다고 약속해요. 진실을 들어야 하니까."

에리카는 매우 진지했다.

"……알겠습니다. 좋아요."

리오도 묻고 싶은 게 많았다. 하지만 하나만 물어야 한다니 질문을 고르기 어려웠다.

"제가 거래를 제안했으니 성의를 보이고자 먼저 대답하죠. 자, 뭐든 물어보세요."

"……당신은 누구에게 복수하려는 겁니까?"

"……후, 후후, 후후후. 참 좋은 질문이에요. 좋아요. 특별히, 당신에게만 가르쳐주겠습니다."

에리카가 운을 뗐다.

"제가 복수하고 싶은 상대는 특정 인물이 아닙니다. 이 세계입니다. 어리석은 인간이 만든 이 세계. 이런 세계가 없으면 그 사람은 죽지 않았어요. 그러니까 저는 이 세계에 복수하는 겁니다. 이런 세계는 없어져야 해요. 그것이 제 복수입니다."

무표정으로 시작해 점차 강한 증오를 보이며 대답했다.

"세계에 복수한다?"

"대답은 끝났습니다. 이번에는 제 질문에 대답하세요. 대국에 저기 쓰러진 야수와 혼자 싸울 수 있는 사람이 당신 말고도 있습니까?"

에리카가 리오를 빤히 쳐다보며 질문했다.

그때.

"에리카 님!"

도시에서 에리카를 쫓아온 전사 열 명이 나타났다. 선두에 있던 나탈리아가 무기를 맞댄 리오와 에리카를 봤다. 전원이 에리카를 돕고자 리오가 도망칠 수 없게 에워쌌다.

"……어머, 여러분, 잘 따라왔군요. 마침 잘됐네요."

에리카가 믿음직하다는 듯이 기뻐하며 말했다.

"……상황이 바뀌었는데 정보 교환은 끝났다고 보면 되겠습니까?"

"그럴 리가요. 아직 제 질문에 대답하지 않았잖아요. 제 대답만 듣다니 인간성이 의심되네요."

즉, 리오처럼 신수와 싸울 수 있는 사람이 대국에 얼마나 있는가. 거기에 대답하라고 에리카가 리오를 바라보았다.

"……모든 나라를 알지는 못하지만, 한 대국에 이웃 나라를 포함해 최강의 검사로 불리는 사람과 싸운 적 있습니다. 그 사람과는 힘들겠죠."

리오는 정면에 있는 에리카에게 최대한 주의를 기울이며 주위에 있는 전사들에게도 집중했다. 그리고 에리카가 대답한 내용과 비슷한 수준의 정보를 가르쳐줬다.

"그렇군요. 그 말을 들으니 안심되네요. 그럼 정보 교환은 여기까지 하죠. 남은 건 당신뿐인 것 같고 리제롯테 씨는 동료가 데리고 후퇴한 듯하니, 참 난감하네요……."

에리카가 고민스러운 한숨을 흘렸다.

"……난감한 건 이쪽입니다. 당신이 그런 힘을 가지고 있고 가르아크 왕국에 선전포고한 이상, 당신을 내버려 둘 수 없어요."

"무슨 짓을 해서라도 저를 죽이고 싶다는 말인가요?"

"그러지 않을 수만 있다면 더할 나위 없겠습니다만……."

이제, 죽이는 수밖에 없다. 리오는 그렇게 생각했다. 그러지 않으면 리오가, 리오에게 소중한 사람들이, 몰살될 수도 있었다.

야수의 정체를 모르니, 성녀가 살아있으면 또 만들 수 있다고 생각하는 게 무난했다. 이 성녀가 야수를 데리고 가르아크 왕국을 침공하는 사태만은 어떻게 해서든 막아야 했다.

"후후후, 저를 제법 위협적으로 생각하나 보군요. 하지만 그건 저도 마찬가지. 제 비장의 무기를 직접 본 당신이 정보를 가져가 위기감을 퍼뜨리면 귀찮아져요. 하지만 리제롯테 씨가 도망쳤으니 이러나저러나 정보는 누설되겠죠. 그렇다면 하다못해 당신이라도 죽이는 게 낫겠지만, 신수가 없으면 쉽게 쓰러뜨리지는 못할 것 같고……."

에리카는 정말 난감하다는 듯이 한숨을 내쉬고 리오 주위에 있는 전사들을 둘러보았다.

"뭐, 어떻게든 되겠죠."

그리고 참으로 밝게 미소 지었다.

"……?"

리오가 의아한 표정을 지었다.

리오의 시야 한쪽에 떨어진 신수의 꼬리 하나가 눈을 번뜩였다.

리오와 성녀, 전사들을 향해 입에서 순수한 파괴 에너지를 내뿜었다.

"읏?!"

발동 속도를 우선했는지 이전 광선보다 위력이 약했고 공격 범위도 확산되었는지 이 자리에 있는 모든 사람이 휘말렸다.

"크, 아……!"

리오는 마력 고양을 느끼고 급히 바람 장벽을 쳤지만, 정면으로 파괴 에너지를 맞고 말았다. 부상을 막을 수 없었다.

게다가 몸이 떠밀려 날아가 수십 미터 뒤에 거칠게 떨어져 바닥을 굴렀다.

'……안, 죽었어? 아니, 그보다 주위에 아군도 있는데 자기도 포함해서 공격한 거야? 무슨, 짓을. 저 야수는 성녀가 조종하는 거 아니었나……?'

기절하기 일보 직전에 온갖 의문이 순식간에 밀려들었다. 그러나 느긋하게 생각할 상황이 아니었다.

"윽, 크읏……!"

리오는 온몸에 통증을 느끼면서도 일어나 무슨 일이 벌어졌는지 확인하려고 조금 전까지 서 있던 곳을 보았다.

지면이 움푹 파이고 날았다. 신체 강화로 몸을 강화하고 바람 장벽을 펼치고도 리오가 부상을 입었다. 그 자리에 있던 전사들이 무사할 턱이 없었다.

"우후후."

석장을 든 에리카가 힘차게 리오를 공격했다. 리오는 급히 오른손으로 검을 뉘어 막으려고 했다.

"윽……!"

엄청난 힘이었다. 평소라면 비등비등했겠지만, 부상 탓에 마력을 컨트롤하기 어려워 밀렸다.

'이 사람도 다쳤을 텐데, 어떻게 이렇게 움직이지?!'

에리카도 같은 공격에 당했는지 얼핏 봐도 엉망진창이었다. 그러나 다치지 않은 것처럼 석장을 있는 힘껏 밀어 리오를 쳐냈다. 리오는 간신히 반대 방향으로 뛰어 충격을 죽였다.

'위험해, 내장을, 당했어…….'

쿨럭, 피 섞인 기침이 리오의 입에서 터져 나왔다. 후퇴하며 통증이 이는 곳을 왼손으로 감쌌다.

"……윽."

착지 통증에 리오의 얼굴이 더 일그러졌다.

"어쩌면 쓰러뜨렸겠다, 싶었는데 무사하군요. 정말 무서운 사람."

에리카는 리오가 날아간 쪽을 향해 거리를 좁혔다. 약해진 틈에 단번에 리오를 처리할 심산이었다.

"무서운 건, 당신이야. 쿨럭, 왜, 자기 사람을……."

리오는 기침하며 쉰 목소리로 물었다. 온몸에 퍼지는 통증 때문에 마력이 잘 다듬어지지 않았다.

방심하면 당장에라도 쓰러질 것 같았다. 의식을 잃고 있는지, 아니면 피로 덮였는지 시야가 흐릿했다.

연마한 마력을 회복에 쓸 여유는 없었다. 그래서 리오는 신체 강화를 유지하며 육체가 지르는 비명을 무시하는 데 전념했다.

"당신이 죽인 겁니다."

"무슨, 소리……."

"이제 대화는 됐어요."

"큭!"

통증 때문인지 리오의 움직임이 눈에 띄게 둔했다. 동작이 크고 속도만 빠른 공격을 처리하는 것도 고역이었다. 그래도 간신히 거리를 뒀다.

“자, 빨리 죽어요.”

에리카가 리오가 있는 방향의 대지에 석장을 내리쳤다. 임팩트와 함께 충격파가 퍼지며 지면이 날아갔다. 리오는 효과 범위를 벗어나기 위해 크게 뒤로 물러나 피했다.

“커헉, 쿨럭!”

리오는 거칠게 움직이며 피 섞인 기침을 토했다. 지면을 날려버리는 에리카의 공격이 세 번 이어졌다.

“정말, 끈질기네요.”

안달이 나는지 에리카가 리오와 거리를 좁혔다.

‘윽, 오래 끌면, 내가 불리해. 이번에 결판을 내야 해!’

그것은 리오에게 반격의 기회이기도 했다. 이번 공방으로 확실하게 끝내기 위해 의식을 가다듬었다.

“이걸로 끝입니다.”

에리카는 강력한 신체 강화의 힘으로 선공을 잡기 위해 석장을 휘둘렀다. 반면 리오는 뒤늦게 검을 휘둘렀다. 신체 강화로도 견딜 수 없는 대미지가 쌓이는 게 느껴졌다.

“윽!”

수읽기의 승리자는 리오였다. 리오는 에리카가 수직으로 휘두른 석장의 힘을 이용해 석장 끝에 검을 대고 아래로 내리찍었다. 에리카의 석장이 지면에 닿았고 엄청난 충격이 일어났다.

마치 예측이라도 한 것처럼 도약한 리오는 앞으로 돌진하던 기세를 이용해 무릎으로 에리카의 아래턱을 걷어찼다.

"악!"

에리카는 아래턱에 가해진 충격에 뒤로 날아갔다. 신체 강화로 육체를 강화하지 않았으면 턱이 박살 나고 목뼈가 부러질 정도의 위력이었다.

신체 강화를 걸었다고 해도 의식이 날아가기 충분한 혼신의 일격이었다. 느낌이 들었다.

"……."

에리카는 엎어진 상태로 날아가며 왼쪽에서 오른쪽으로, 바깥쪽으로 재주 좋게 있는 힘껏 석장을 휘둘렀다. 무릎으로 턱을 날리고 아직 착지하지 않은 리오를 날려버리려고 했다.

리오는 에리카가 의식을 잃지 않았다고 생각했는지 엎드린 자세로 쓰러지려는 에리카의 어깨를 잡아 억지로 당겼다. 그대로 에리카를 들었다가 손을 놓았을 때는 이미 땅에 발을 딛고 자세를 잡은 뒤였다.

반면 에리카는 리오가 어깨를 잡은 손을 놓을 때 내던지듯 있는 힘껏 떠밀었기 때문에 앞으로 고꾸라지며 균형을 잃었다.

"큭!"

리오는 내부 통증을 무시하고 그 틈에 에리카를 향해 돌진했다. 간신히 자세를 잡은 에리카는 후방에서 공격할 줄 알았는지 뒤도 돌아보지 않고 거칠게 석장을 휘둘렀다. 그러나 리오는 공격을 지켜봤다.

리오는 에리카가 쓰는 석장 범위 밖에 일부러 멈춰서 에리카가 석장을 휘두른 다음에 다시 간격을 좁혔다.

"윽!"

에리카의 품으로 파고들어 석장을 휘두르고 무방비해진 심장을 향해 검을 사정없이 찔렀다. 그리고 있는 힘껏 비틀었다.

"커헉, 컥……."

결정타를 찌른 리오가 오히려 빈사 상태였다. 하지만 충분히 찔러넣은 검을 뽑고 되도록 빠르게 에리카와 거리를 벌렸다.

"후, 후후후……."

에리카는 바닥에 한쪽 무릎을 꿇고 기분 나쁘게 입가를 일그러뜨리며 뻔뻔하게 웃었다. 그러나 심장을 찔려 옷이 순식간에 피로 물들었다. 아무리 신체 강화로 육체를 강화해도 심장이 뚫리면 죽을 수밖에 없었다.

"……하아, 하아, 하아."

리오의 호흡이 거칠었다. 바닥에 검을 꽂더니 에리카처럼 무릎을 꿇고 몸을 지탱했다.

그 직후, 에리카는 바닥에 풀썩 엎어졌다.

"……콜록, 콜록, 콜록!"

바닥에 쓰러진 에리카를 잠시 바라보던 리오는 비 섞인 기침을 토하면서도 일어나 에리카에게 다가갔다. 그리고 무릎을 꿇어 엎드린 에리카를 바로 눕히고 맥박을 확인했다.

혹시나 살아있을까 싶어서 경계를 풀지 않았다. 신체 강화도 유지했다.

'맥박이 없다……. 죽었어. 야수도 사라졌어.'

맥박이 멈춘 것을 확인했다.

팽팽하게 당겨진 긴장의 실이 툭 끊어졌다.

'……의식이 몽롱해. 위험한걸. 숨도 잘 안 쉬어져. 빨리 치료를……. 아이시아와 합류해야 해.'

사고회로가 작동하지 않았지만, 리오는 비틀비틀 일어나 마력 컨트롤도 제대로 안 되는 채로 치유 정령술을 사용했다. 그리고 합류만 생각하며 남쪽을 향해 걸었다.

그렇게 십여 미터쯤 걸었을 때.

「……토, ……토. 지금…… 게.」

누군가의 목소리가 들린 것만 같았다.

「……아이, 시아?」

리오는 무릎을 꿇고 멍하니 앞을 보았다.

그곳에는 지금 막 땅에 내려온 아이시아가 있었다.

"이제, 괜찮아."

아이시아는 리오를 다정하게 끌어안고 치유의 빛으로 감쌌다.

"……."

리오는 그제야 의식을 놓았고 아이시아는 리오를 끌어안고 남쪽으로 날아갔다.

◇ ◇ ◇

에리카가 쓰러진 지상 위, 까마득한 상공.

'……정말 뭘까요, 저자는. 인간형 정령과 계약했다는 거로는 설명되지 않는 힘이에요. 그럭저럭 각성한 용사와 맞붙을 정도.'

모든 일을 지켜본 레이스는 아이시아가 날아간 방향을 잠시 쳐다보았다.

'그건 그렇고 저 성녀. 무슨 생각인지…….'

이번에는 지상에 쓰러진 에리카를 향해 의아한 시선을 던졌다.

'인간은 정말 이해가 안 됩니다만…… 뭐, 됐습니다. 검은 기사가 생환했으니 알레인과 루치를 대기시킨 보람이 있네요.'

레이스는 품에서 전이결정을 꺼냈다.

"《텔레포트》."

그리고 가르아크 왕국 왕도 근교로 전이했다.

정령환상기

【 에필로그 】

아이시아가 리오를 안고 떠난 몇 분 후. 안드레이가 있는 구조대가 도시 밖을 내달렸다.

그리고 문과 멀지 않은 곳에서 피투성이가 된 채 쓰러진 에리카를 발견했다.

"아, 아아, 아아……. 에리카 님, 에리카 님……!"

"저희는, 저희는, 어떻게 해야……."

에리카의 죽음에 모두가 절망했다.

모두가 슬퍼했다.

그때.

"……여러분, 걱정하실 것 없습니다."

피투성이로 쓰러진 에리카가 벌떡 일어났다.

"앗……?!"

모두 놀라서 할 말을 잃었다. 가슴이 피로 흠뻑 젖었고 옷에는 검에 찔린 흔적이 있었다.

죽은 줄 알았던 사람이 일어났으니까 당연했다.

"사, 살아계셨습니까?! 하, 하지만, 어떻게, 피가 이렇게나……."

안드레이가 에리카의 옷을 적신 피의 양을 보고 당황했다.

"몰랐습니까? 안드레이."

"무, 무엇을……."

"성녀는 심장이 찔리는 정도로는 죽지 않습니다."

"네……?"

무슨 그런 말도 안 되는 소리가 다 있냐며 신도들이 반신반의한 표정을 지었다.

"농담입니다. 아직 죽을 수는 없죠. 저는 해야 하는 역할이 있으니까……. 여러분을 다시 만나서 정말 다행이에요. 그런데……."

에리카는 키득 웃으며 매우 자애로운 얼굴로 달려온 사람들의 얼굴을 둘러보았다. 그러다가 갑자기 슬픈 표정을 지었다.

"……죄송합니다. 저는 나탈리아와 다른 분들을 지키지 못했습니다."

자신의 무력함에 충격받은 듯 고개를 숙이고 몸을 떨었다.

"무, 무슨 일이 있었던 겁니까?"

안드레이가 안색이 바뀌어 물었다.

주위에 에리카를 쫓아간 전사들이 보이지 않았다. 그래서 어렴풋이 살아있기 힘들 줄은 알았지만, 에리카가 말하기를 기다렸다.

"그자가, 그 검사가, 그분들을 인질로 잡았습니다. 저를 쓰러뜨리기 위해, 그들을 노리고, 아아, 아아! 그자는! 그자는! 그자는, 이 얼마나 비열한……! 아뇨! 제 탓입니다! 저는, 그들을 구하지 못했어요!"

에리카는 두 손으로 얼굴을 감싸고 자신의 무력함에 절

망하고 한탄했다.

"……그들이, 죽었어. 살해당했어……."

안드레이와 함께 달려온 구조대의 얼굴이 분노로 물들었다. 그리고 잠시 침묵이 흘렀다.

"이 얼마나, 이 얼마나 비열한가!"

"비열하다!" "비겁하다!"

"가르아크 왕국은, 비겁하다!"

"그 검사냐! 그 녀석이 그들을!"

"젠장! 젠장!"

"인질?! 웃기지 마!"

그들의 분노가 세차게 폭발했다. 한번 터진 분노는 멈추지 않는다. 아무도 멈추지 못한다. 이렇게 집단은 폭주한다.

"……."

에리카는 그들을 몹시 경멸하는 눈으로 바라보았다.

정령환상기

【 후기 】

여러분, 안녕하세요. 키타야마 유리입니다. 『정령환상기 18. 대지의 야수』를 읽어주셔서 정말 감사합니다.

이 후기를 읽을 때쯤에는 이미 많은 분이 눈치챘겠지만, 일단은 중대 보고입니다.

네, 『정령환상기』 애니메이션화가 결정됐습니다!

제작회사는 톰스 엔터테인먼트, 메인 스태프분들과 출연 성우분들 정보도 이미 풀렸을 겁니다.

인터넷에 애니 공식 사이트와 트위터 공식 계정도 운영 중이니까 꼭 검색해보세요.

드디어 여러분에게 애니화 결정 보고를 마쳤습니다……! 이럴 기회가 생긴 건 애니화에 이르기까지 『정령환상기』라는 작품을 지탱해주신 독자 여러분 덕분입니다. 진심으로 감사드립니다.

그리고 애니 제작에 종사하시는 관계자분들을 포함해 애니화에 이르기까지 5년 동안 이끌고 함께 달려주신 Riv 선생님과 담당 편집자님에게도 이 자리를 빌려 다시금 감사드립니다.

풀리지 않은 정보가 앞으로 속속 풀릴 테니 꼭 애니 공식 사이트나 트위터 공식 계정에서 정령환상기 정보를 확인해주세요. 18권 발매와 애니화를 기념해 12월 13일까지 멜론북스에서 정령환상기 온리샵3도 개최합니다.

어쨌든 소설 19권도 봄에 발매할 예정이니 기대해주세요!

그리고 소설 18권은 어떠셨나요? 이야기 흐름상 앞으로는 한동안 이전 권 같은 일상 파트 이야기는 쓰기 어렵겠지만, 이전 권까지 쓰고 싶었던 일상 파트 이야기를 썼으니까 앞으로는 거리낌 없이 시리어스한 전개에 돌입하겠습니다. 이후로 본편에 큰 전개가 기다리고 있으니 서적판 『정령환상기』도 계속 기대해주세요.

그럼 19권에서도 다시 만나요!

2020년 11월 키타야마 유리

정령환상기
19. 바람의 갈

성녀 에리카와 그녀가 소환한 신수—
대지를 짓밟을 뿐만 아니라
자국민도 휩쓸며 벌어진 학살극은
리오에게 유례없는 상처를 입힌다.

한편, 리오와 아이시아가 자리를 비운
가르아크 성에는
레이스가 보낸 복수자들이
조용히, 그러나 착실하게 다가오는데……?!

"드디어. 드디어 그분에게
충성을 다할 수 있다."

정령환상기 18 —대지의 야수—

2022년 9월 14일 1판 2쇄 발행

저　　자 키타야마 유리
일러스트 Riv
옮 긴 이 이은혜
발 행 인 유재옥
본 부 장 조병권
담당편집 정영길
편 집 1 팀 김준균 김혜연 박소연
편 집 2 팀 정영길 조찬희 박치우 정지원
편 집 3 팀 오준영 곽혜민 이해빈
디 자 인 김보라 박민솔
라이츠담당 맹미영 이승희 이윤서
디 지 털 박상섭 김지연
발 행 처 ㈜소미미디어
제 작 처 코리아피앤피
등　　록 제2015-000008호
주　　소 서울시 마포구 토정로 222, 403호 (신수동, 한국출판콘텐츠센터)
판　　매 ㈜소미미디어
마 케 팅 한민지 최정연
영　　업 박종욱
물　　류 허석용
전　　화 편집부 (070)4164-3962, 3963 기획실 (02)567-3388
판매 및 마케팅 (070)4165-6888 Fax (02)322-7665

ISBN 979-11-384-0727-4 (04830)
ISBN 979-11-6611-646-9 (세트)